GROWING UP IS
A BEAUTIFUL
PAIN
II

青春難為
於是
我們
只好長大

青色愛情：09

II：青春難為：於是我們只好長大

著　　者　夏嵐
出 版 者　大拓文化事業有限公司
執行編輯　陳竹蕾
美術編輯　蕭若辰

總 經 銷　永續圖書有限公司
劃撥帳號　18669219
地　　址　22103 新北市汐止區大同路三段一九四號九樓之一
TEL　（〇二）八六四七—三六六三
FAX　（〇二）八六四七—三六六〇
E-mail　yungjiuh@ms45.hinet.net
網　　址　www.foreverbooks.com.tw

CVS代理　美璟文化有限公司
TEL　（〇二）二七二三—九九六八
FAX　（〇二）二七二三—九六六八

法律顧問　方圓法律事務所　涂成樞律師

出 版 日◇二〇一五年四月

國家圖書館出版品預行編目資料

青春難為. II, 於是我們只好長大 / 夏嵐著.
-- 初版. -- 新北市 : 大拓文化, 民104.04
面 ; 公分. -- (青色愛情系列 ; 9)
ISBN 978-986-411-002-5(平裝)

857.7　　104002308

目錄
CONTENTS

01.

突如其來的陣雨

梅雨季的天氣讓曉曉一陣發悶。她是一名二十七歲的插畫家，曾經夢想住在貼著壁紙的巴黎風格房間中，每天在黑色雕花的金屬床欄中睜開眼睛。不過，今天當曉曉睜開眼睛時，她所看見的卻是個只有三坪大，牆角滿是壁癌的破舊雅房。床是房東留下的蟲蛀木頭單人床，整間房中曉曉稍微滿意的地方，是她自己花了兩、三千元鋪設的塑膠木地板，選了她愛的抒壓淺色系。房間角落，陳列著各式各樣的防螞蟻藥、防蟑盒，衣櫃下方甚至貼著一張黏鼠板。沒辦法，屋齡三十年的學區老房子，五千房租含水電，環境自然無法太完美。

但讓曉曉無法忍受的，還是這座房間揮之不去的重重霉味，房間唯一對外的窗靠近防水巷的臭水溝，氣味當然也不怎麼好聞。

這就是她所生活的現實。月薪不到一萬二的曉曉，至今以ＳＯＨＯ的生活努力著，左省、右省，每個月勉強只能有七千元花費，在這大台北居住，要省成這樣，只能足不出戶了。

「反正我的工作也不需要太常出門，只要有一張網卡就可以了。」說到這個，最近曉曉新辦了每月要價七百元的網卡，因為房間位於一樓的關係，收訊頗差。每次要跟客戶講ＳＫＹＰＥ，或傳工作用的圖檔，曉曉總得抱著筆電緊挨在窗邊，不然就得走到公用客廳去。

這是棟位於某個學區公寓一樓的房子，分作三個房間出租，有共用客廳與浴廁。但廚房滿是蟑螂又充滿後巷異味，時常還有二樓飄下來的煙味，因此曉曉也很少使用，多半喜歡回自己房間窩著。

房間中，曉曉第二喜歡的是書桌；雖是房東採購的是難看的黑色貼皮木紋書桌，但被曉曉罩上了大創買來的桌巾，治癒系的淺藍碎花紋，多少替這間破敗的房間帶來希望。

此刻是早上十點，昨晚跟一位客戶在ＬＩＮＥ上討價還價，價錢沒談攏，對方已讀不回。曉曉以前還會癡癡地等，昨晚一氣起來乾脆邊吃泡麵，邊看日劇，把自己給累得睡著，以免上了床還得繼續氣工作而失眠。

「各位！不要忘記等等的飯局唷！我最怕有人臨時說不能來了，這次我有訂位，大家別跳票！」是研究所同學薏仁傳來的。

曉曉念的是電影所，本來想當電影或者電視編劇，但卻在一次創作插畫電影的過程中，發現自己最愛的還是從小鍾愛的畫畫。畢業兩年多，同學們也多任職在不同的產業，彼此常約出來打打氣，但曉曉自覺還沒拿出成績，拖到現在才終於被他們約出來。

「現在得開始準備！反正等等中午要外食，早餐就別去買了，省點錢。」

曉曉給自己泡了杯即溶奶茶，又急忙走到客廳去拿昨晚提前挑好晾出的衣服。客廳較通風，不像自己的衣櫃，滿是霉味。

「嗯！味道都去掉了！」曉曉滿足一笑，將款式不錯的舊洋裝給火速穿了起來。雖是碩一時買的衣服，但保養得跟新的一樣，淺米色的蕾絲綴著嬰兒藍條紋，有些歐美名媛的味道。爲了看起來更貴氣一點，曉曉連忙將衣櫃中的仿香奈兒菱格紋黑色經典款側背包拿了出來，在連身鏡前照了幾下。

梳洗完畢，換好衣服，曉曉照例打開電腦，檢查上週寄出的十封作品集兼履歷，是否有了客戶回函。

依舊是一封都沒有。這年頭的出版社與畫廊都一樣，連聲「收到了，會考慮」都不說，曉曉也不知道自己精心準備的歷年作品集，對方是看過了，還是連打開都沒有。

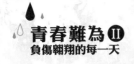

她又檢視了一下信中附加的作品集檔案，裡頭有著各形各色的插畫風格，苗條亮麗的時尙人形插畫、童稚可愛的兒童插畫、帶點文藝風的抽象派、畫廊會喜歡的前衛淡彩，甚至還有日系輕小說風……與其說曉曉尙未找到自己的風格，不如是說，她還搞不清哪種風格在自己身上最能賣錢。

每個月大致上有四、五個不太固定的案子，總收入落在一萬二到一萬五之間，悽慘的時候連破萬都很難。記得成爲插畫家的頭一年，房租都還是爸媽付的，曉曉真覺得自己對不起兩老。但對爸媽來說，身爲長女的曉曉，能做自己最喜歡的工作，那才是幸福的。

但，現在的自己真的幸福嗎？曉曉說不出口。

想完了工作的事，曉曉敲著計算機，思考自己今天最貴能點到什麼價位的餐點，大概只能落在兩百五到三百之間。

該出門了，曉曉掛上最亮麗的表情，化了點眼線，又在黑眼圈上遮了點粉底，留著簡單法式黑色短髮的她看起來清新可人，就像個炙手可熱的插畫家。

大步地走上街頭，每當曉曉全副武裝地離開那棟破舊的老公寓時，肩頭的重量總在瞬間一輕，彷彿能將她的身體帶離這片醜陋的水泥磚道。好似能到達一個更美好的地方。

曉曉望向明亮的捷運車廂上，那些與自己同齡的體面女孩，不禁好奇著：她們過得好嗎？是不是比自己還要開心？平常做什麼樣的工作？住在什麼樣的房子裡？

與其說是羨慕也好，嚮往也罷，曉曉覺得像正常的女孩子一樣朝九晚五地上班，領固定薪水，不用每個月都抱著繳不出房租的風險，其實也挺幸福的。

至於曉曉有沒有試著找正職，再來想ＳＯＨＯ插畫家的事？答案是肯定的，可惜碩士畢業之後她花了半年找工作，好不容易找到一個製作公司的助理缺，卻也待不滿半年，身體就垮了。回想起那段照胃鏡、頻尿、經常盜汗的日子，曉曉覺得先辭職將身體養好比較重要。還好，現在的她很健康，敷個臉，上點淡妝之後，還會有人誤認她還在念大學呢！

「等等，這個女生好眼熟……」曉曉正對面的捷運座位上，一個棕色長髮女孩正當著低頭族，她穿著正式的黑色套裝，揹著名牌黑色皮革包。

曉曉好奇地換了個角度站，偷偷觀察對方。「果然沒錯……要叫她嗎？」

這是她的大學同班同學佳慈，就在曉曉猶豫時，佳慈感覺到她的目光，輕盈地抬起頭來。

「哦！等等……我記得妳。」

「佳慈，我是曉曉啦！」曉曉率先自我介紹道，已有四年不見，對方會忘記也不意外。佳慈非常不好意思，頻頻道歉。雖然以前念書時分屬不同的小團體，但雙方倒也因爲系上的活動，而有幾次印象不錯的接觸。

一問之下，原來佳慈現在擔任房仲業務，正要去拜訪客戶，因爲機車壞了才臨時搭捷運。

「哇！這種熱天在外頭跑，一定很累吧？」

「是啊！我不喜歡在大眾捷運上別名牌啦！其實應該要別起來。」佳慈指著胸前口袋藏著的塑膠名牌。「工作了兩年，總算稍微習慣了，爲了存房子的頭期款，得先努力囉！現在也都撿一些前輩不要的小客戶，多少幫著介紹而已。」

聽到「頭期款」時，曉曉驚訝地打了個寒顫。她連房租都快付不起，同班同學已經在存頭期款了？

「哦……大概都是介紹怎麼樣的房子啊？」曉曉很好奇。

「都是一些雙北的舊公寓單層空間啦！大概八百萬到一千兩百萬上下。」佳慈一臉謙虛。

「哦！」曉曉不太會接話，她滿腦子想到的都是自己居住的噁心陳年舊公寓，這種老房子竟然可以賣到那麼貴？不愧是偉大的台北地區！光是抽佣金，應該月入十萬以上不成問題。曉曉望著佳慈樸素但清秀的打扮，心想著她買房過後，大概就是要嫁爲人婦，好好享福了。

「希望妳早日買到房子！」曉曉真心地笑道：「感覺妳真的很努力耶！」

「謝謝。啊！我下車了，再聯絡啊！」佳慈揮手道別。

回想起自己臉書裡也有佳慈的近況，曉曉意猶未盡地點入她的個人頁面，想多瞭解一下，現在的佳慈在做什麼。

「走到這裡，彼此要什麼也清楚了，謝謝你總是給我滿滿的安全感。」佳慈與男友在高級餐廳打卡，吃飯合照，底下的留言紛紛是親友團打探是否要結婚。

「車子買了，只差房子了，加油！看年底前能不能請喝喜酒！」

而佳慈回道：「房子還沒看到適合的啦！謝謝二姨！」

曉曉繼續往下拉，看著佳慈週末不是到處出遊，住漂亮的民宿，就是吃香喝辣，短短一年內還去了歐洲兩趟！房仲業不是很操嗎？看來佳慈並沒有自己方才說得那麼辛苦呀！

然而，曉曉也知道，臉書是個報喜不報憂的萬惡淵藪，勾起人性險惡的相互比較心態，若是盡信，心情恐怕是越看越差。但每當曉曉出現這種情緒時，她更會提醒自己要真心祝福他人，更該多多勉勵自己。最近，這種侵蝕人的念頭總會在曉曉獨處時襲來，偏偏她的工作性質足不出戶，每天對著手機與電腦，患得患失的頻率，也增加很多。

「真的是該找人好好說說話了……」總算到站了，曉曉迫不及待地結束胡思亂想，衝出站外。

劈頭就是一陣冰涼的雨水，曉曉拿起小包包遮住頭頂，眼看還有兩個十字路口才到同學會地點，自己已經被淋得狼狽至極，飄逸的雪紡紗洋裝也快濕透，這下可糟了……

「學妹！」親暱的叫喚聲從身側傳來。曉曉轉頭一看，一個瀏海往上梳起，外表清新的大男孩，將她納入自己傘下。

「啊！綠燈了，先走！」男孩是研究所的學長亞京，曉曉安心了，親暱地依偎著他，兩人並肩撐著傘，快步衝過斑馬線。

「啊——快快快快！」亞京與曉曉慌張地跳上對街人行道，笑了起來。

「妳要去同學會？」亞京問。

「對呀！你也是？」

亞京淘氣地點了點頭。「真不好意思啊！明明跟你們不同班，還是來赴約了。」

「不、不，以前我們至少有五堂課都在一起修吧！你哪用得著客氣？」曉曉沒料到自己會看到亞京，真是開心極了。以前的亞京身材略胖、髮型又塌，頗有大叔樣，現在卻掉了好幾公斤，外表也年輕不少。

「學長，你瘦好多喔！」

「我晚當兵嘛！念完研究所就去服兵役，退伍後馬上開始就業，不知不覺就瘦成這樣了。」亞京迷人地點點頭，大概知道學妹看自己的眼光變得不一樣了。

以前念書時的亞京雖然像個胖大叔，在學弟妹之間卻很有人氣，不但常親切地給予畢業作品意見，還經常協助拍攝。若是有論文或生活方面的問題，亞京也總是傾力幫忙，一開始，曉曉還覺得亞京已是個三十多歲的大叔，沒想到他只是個拖到二十八歲才當完兵的小伙子而已。

這麼一算，其實現在的亞京應該也三十歲左右了。

「學長現在在哪裡就職呀？做得還開心嗎？」

「我現在是音效師，跟幾個電台和錄音室都有合作，至少工作時能吹吹冷氣，跟那些上山下海的導演、攝影師相比，算很好命了！不過，我偶爾也需要去現場收音啦！一年大約有兩、三次。」

「哇！聽起來好棒啊！以前修音效製作課時，學長的能力就很出色了，難怪能這麼順利找到這樣的工作！」曉曉雙眸發亮，誠懇地讚賞道。她只要一興奮起來，雙眼都對著亞京，幾乎沒在看路，碰到階梯還要亞京伸手扶一下。

「唉！其實我找工作的過程一點也不順利啊！晚點再繼續講！哈，妳好歹也看路嘛！」亞京眼中的曉曉，是個很有才華，卻迷糊天真的學妹，跟學妹再相遇自然很開心。不過，坦白而言，亞京此趟來同學會，卻有不同的目的……

兩人甩了甩傘，終於進入氣氛華麗的購物中心，循著電梯找到這間法國料理餐廳，剛出電梯門，一大票熟面孔全都在餐廳外等著。女孩們尖叫著彼此擁抱，男孩們也樂得頻頻朗聲發笑，直到服務生帶好位置，大家都一直保持著熱絡的氣氛。

今天的聚會共有七、八人，都是電影所曾經一起修課的老同學。

主辦人薏仁，爽朗地率先開口。「各位，相信大家都很想知道彼此的近況，我們乾脆一開始就來個近況報告，大家說說自己現在的工作，及有沒有結婚計畫之類的，以免等一下又要重複講！我先來說說我自己，目前在美商電影公司廣告部，大家每個月看到的新片預告就是我們做的！」

「哇！真帥氣……」曉曉打從心底羨慕這種有趣又高薪的工作。

另一位男同學也接聲道：「我目前失業了，預計會回鄉和爸爸一起經營休閒農場。淡季的時間會很輕鬆，去年把農場借給偶像劇拍攝，佣金也不少！」

桌邊又是一陣讚嘆聲。曉曉很緊張，該怎麼介紹自己呢？

「嗯……自從上份廣告公司的工作後，因爲我身體垮了嘛……就開始在家上班，現在已經恢復活跳跳的狀態了！」曉曉望著周邊熟識朋友的鼓勵眼神，緩聲說：「目前我做的是SOHO插畫家，每個月都接CASE，算是自由接案者。上班時間很彈性，如果大家平日要找我出來也可以喔！」

眾人紛紛拍手。「好有才華啊」、「聽起來真夢幻」的讚美聲此起彼落。

「可以要妳的名片嗎？」亞京忽然問道，曉曉只好將一直沒什麼自信的名片掏出。款式是她設計的，但當初爲了省錢，找的印刷廠不好，排版也不夠俐落，字體還偏大，十分稚氣。然而，同學們十分捧場地紛紛搶著跟曉曉要名片，還有人立刻在平板電腦上找出曉曉的線上作品集，驚嘆連連。

「哇！曉曉的風格也太多變了！全方位通吃啊！」薏仁認真地問：「每個月應該賺不少錢吧？又比我們還輕鬆，不用擠捷運、趕打卡。真的很好耶！」

「就是啊！果然有一技之長很重要！」眾人們紛紛興奮地傳閱名片，讓曉曉忽然覺得對尚未做近況介紹的其他同學，非常不好意思。

「好了，雖然曉曉瞬間變成焦點，但還是讓阿介、雅玟他們做完介紹吧！」亞京看到曉曉滿臉通紅，連忙將話題拉回主軸。

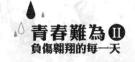

用唇語對亞京說了句「謝謝」，曉曉這才稍微安下心來。對於自己生活中的真實狀況，她怎樣也說不出口。反倒是同學們眼中的溫暖神采和鼓勵話語，讓曉曉乾涸的心再度復甦起來。最近案件老是被客戶挑剔、拖稿費，甚至落得石沉大海的結果，讓曉曉對自己的作品越來越沒信心，還以爲自己的品味是出了什麼問題。但聽到老同學的狂熱打氣，自己不振作也不行了。

「出來走走真的很好……」望了一眼手邊的菜單，這一餐就要七、八百元，但曉曉仍做出鎮定的模樣繼續翻著菜單，胃底卻在翻騰。

未來一週又要省吃儉用，一天暫時只能吃兩餐了。

而一旁的亞京默默地瞧著曉曉，露出溫柔的笑容。曉曉摸了摸方才被陣雨淋濕的衣裳，隱約感受到亞京的視線，雖然肌膚正因室內猛烈的空調而發寒著，心底的角落卻起了一陣悸動。

如乾爽秋風拂過鏡面般的湖水。曉曉抬頭注視亞京，羞澀地縮著脖子笑了起來。

02.向陽的空氣

同學會上的氣氛很愉快。已經好久沒有接觸人群的曉曉，望著這些親切溫暖的老同學笑顏，頓時覺得自己像被拯救了。

聽到同學們個個在職場中發揮得不錯，曉曉也用羨慕但祝福的心情一一真誠稱許。

「真的，妳好適合這份工作呀！」、「那一定是因爲你很優秀，老闆當然放心啊！」一連說了兩個小時的好話，大家相互取暖，有彼此作陪，開心極了。

「哎呀！曉曉嘴巴還是很甜！這點真是沒變！」細皮嫩肉的班花雅玟拍著曉曉的肩。「我的工作最普通了！就是一般的OL而已呀！這樣也能誇我！妳才帥氣，想休假就休假，SOHO最好了！真羨慕！」

曉曉的個性不喜歡瞞人，也不打算刻意說謊，但她沒料到大家會一窩蜂地美化她的ＳＯＨＯ工作，便解釋道：「其實……也沒有這麼好，經濟上也沒什麼保障啦！工會勞健保每年就得花兩萬多處理呢！又沒有年終！」

「這樣子啊……」雅玟收起了原本的崇拜神色，繼續探問：「但是這種工作有無限可能吧？月薪也無上限，很好呢！」

「哈哈，也還好，每個月能賺的就是那些啦！」曉曉憨厚地回答。

「所以一個月到底能賺多少啊？」雅玟不知道是好奇或者試探，語氣轉為銳利。「三萬？五萬？」

「嗯！差不多就跟一般ＯＬ一樣吧！」曉曉有些慌張地苦笑。「其實只是工作形式不一樣而已。」

「哦！那還不如有年終好呢！我們公司是二點五個月。」

「好好耶！」曉曉言不由衷地稱讚，忽然覺得有些難跟雅玟聊下去了。

沒想到，雅玟仍想繼續追根究柢。「所以妳是一個月賺三萬？還是五萬？」

「欸！薪水是隱私吧！又不是每個人都一定要講！」一旁的男同學阿介出聲道。

「我就敢講啊！」雅玟一臉嘻笑。

「哎唷！賺得多就大聲了！」

「怎麼樣？」

看著阿介開始與雅玟搞笑地抬槓起來，曉曉的確鬆了口氣。如果讓人知道她曾經一個月靠畫畫賺不到四千，無論是被同情或被嘲笑，哪樣都不好受。

看著若有所思的曉曉，亞京溫和地朝她露出微笑。曉曉倒覺得他視線和心思都十分敏銳，自己感到不好意思起來。

聚餐結束後，大夥兒還嚷著要去唱卡啦ＯＫ續攤，有經濟壓力的曉曉，只好找了個藉口開脫。

「哦！大畫家要回家畫畫了！」雅玟點頭微笑。

「沒有啦！」曉曉尷尬地擺著手。「回去處理雜事啦！」

「我也先走了，晚點回公司趕案子。」亞京起身。

「未來的金鐘獎音效大師也要走啦！」雅玟與小介鼓譟道，亞京做出勝利手勢，俏皮地與他們話別。

「你EQ真高。」兩人離開大樓後，曉曉對亞京說。

「不喜歡自己的工作被別人高估呀？」亞京柔聲反問。

「總覺得是在開玩笑，所以不喜歡。」

「曉曉從以前就是正經八百的好學妹。說真的，他們對別人的工作這種態度，的確有點沒禮貌。這種時候，就也用隨便的態度回答他們即可。」亞京氣定神閒地說：「我有個堂妹是手作書的作者，喜歡打打毛線，做做襪子娃娃。但妳也知道這種教學書是小眾市場，讀者少，但做得開心就好。偏偏她姐妹淘聚會時，有個同學也老愛刻意誇她是暢銷大作家，問她賣了幾本、版稅多少錢，讓我堂妹渾身不舒服。」

「是啊！真不知道是在讚賞，還是在酸人。」曉曉無奈地聳聳肩，雖然知道自己同學大概沒惡意，不過她也不打算隱瞞自己的不適。同時，她也因亞京的同理心感到溫暖。

「你的那位寫手作書的堂妹，聽起來過得很快樂。」

「對呀！」亞京繼續陪著曉曉走過斑馬線，世故的眼神刻意放遠，望著車陣。「她自己開了個小工作室，偶爾寫點書，週末會去市集擺攤，一個月賺一、兩萬，偶爾我伯父也會贊助她一點錢當作創業基金。」

聽起來跟自己的情形一模一樣，但在景仰的學長面前，曉曉卻不敢大方承認。

「其實賺多、賺少不重要，錢夠用、人快樂健康就好。能做自己喜歡的事，是我最敬佩的。」亞京的眼神轉爲嚴肅，裡頭卻迸射著真摯的火光。

曉曉被那樣的眼神給觸動了，因爲她也是這麼想的。

「我再同意不過了，我也賺得不多，但至少能做自己喜歡的工作就很滿足了。現在身體恢復健康的我，要是能更快樂就好了。」

亞京一時間沒有接話，只是繼續往路口對面走。

「不過，也要看看自己爲什麼不快樂，再想辦法去改善這個不快樂的源頭。」他務實地說。

曉曉點點頭，她其實很清楚自己爲什麼不夠快樂。

問題其實很簡單，賺得不夠多，都快要養不活自己了，再談夢想只是顯得可笑。

「曉曉，我等等要走那裡喔！」兩人離去的時刻終究到來，即使曉曉意猶未盡，也只能目送著亞京離去。

「好，慢走喔！」

「臉書上再聊！也許可以介紹我堂妹給妳認識，哈哈！」

「好啊！好啊！」曉曉感謝亞京的貼心，明朗地揮手道別。

她走了幾個路口，回到捷運站，瞧向租屋處的站名算著票錢。

這個月的預算幾乎都用盡了，曉曉站在捷運內的ATM前，望著只剩兩位數的戶頭發呆。

「就算是美好的週末，沒錢了，當然也只能回家去了。」

不，那根本稱不上是家，只能勉強說是一個殘破的棲身之地。充滿霉味、採光不佳，連網路訊號都收不到。但，也只能回去那裡了。

曉曉沉重地提起腳跟，踏上捷運列車。

※※

亞京使用了捷運四號出口的自助單車服務，跨上市民共用的Ubike。他很滿意這樣的服務，每當享受到微風掠過臉龐的快感，他便打從心底覺得當個便利先進的台北人，是件很愉快的事情。

亞京在平坦的單車專用道上騎過車水馬龍的路口，轉進靜巷，往工作室前進。

隱身在幾處殘破老舊的巷弄後方，工作室位於一處靠近公園綠地的國宅華廈裡，雖設有警衛處，但大門終日開啓，不需特別報備。

走向一棟地坪約有四十的建築，上了二樓，亞京來到氣派的民宅銀色烤漆大門口，兩邊擺著老氣的巨大盆栽，上頭還貼著多年前的老三台「董事長贈」。亞京每次看到這兩株門神似的工作室盆栽，總覺得一陣雞皮疙瘩。

上任工作室的主人是個得過金鐘特效的資深老師，但之後該老師身體微恙，就將工作室轉給廣告界的老友經營。該老友夫妻其實人挺好的，但培養出的子弟兵卻無法在這裡安心「養老」。他們一一出走到技術更好的大工作室去，替高規格的電影做音效，時間久了，這棟工作室能接到的案源與預算也慢慢往下滑。

拿出鑰匙開了門，亞京推門入室，昏黃頗具情調的壁燈開了數十盞，一陣涼涼的冷氣迎上臉龐。

「哦！亞京來了。」比亞京年輕的資深馬尾女助理，遊刃有餘地用舒服的姿勢坐在專屬小木桌前，辦公室的陳列偏韓系，擁有大大的落地窗加深色隔音防熱玻璃。開放式工作間則讓每個人的舉止一目了然。數人共用一個IKEA大方原木桌，隨著桌上的電腦機能不同，辦公位置也不固定。

「我回來工作了。」亞京踩著深色木板上的舒服地墊，換好室內拖。辦公室的大家多半點個頭回應，但因爲全都戴著巨大隔音耳機作業，沒注意到亞京入室的人也是有。

老闆「安董」的太太從廚房走出，招呼道：「來，今天有綠茶凍喔！晚點大家會叫披薩吃！」

「哇！謝謝董娘。」亞京滿懷感激地點點頭。

月薪三萬三，偶爾假日需要加班，加班費另付，三不五時會有董娘自炊的十人份午、晚餐。這種位於民宅中的友善工作環境，其實令亞京感到很舒服。

亞京速速吃完茶點，董娘熱情地接過碗，拿去水槽洗。原本還會推託幾句的亞京，已經習慣只說句真誠的「謝謝」就離開。

畢竟洗碗盤沾濕手的話，回到桌前也無法馬上開工。音效師的雙手保持乾燥與乾淨很重要，音控台與鍵盤等器材也每天都要消毒一次。

但亞京的工作尚不需要使用到音控台，較爲進階的技術也才剛開始學，目前只處理一些簡單的前製作業，使用桌電即能完成。

當然，他也不像同學會上大家祝福的那樣，有機會碰到得獎電影的案子。戴上耳機，亞京開始工作。

「讓我們歡迎今天的來賓，可說是波霸正妹、網路女神！哇！哇！哇！」開啓影音檔案，綜藝主持人誇張的介紹已讓亞京免疫。他面無表情地配上幾個來賓入場的圓潤音效，當鏡頭特寫女性的胸部時，亞京也從素材庫拉了幾個輕佻的音效，認真地重複比對之後，才繼續播放節目。

雖然是這種等級的工作，但亞京深信一枝草一點露，現在的他也只能百分之百地用真誠的心態面對工作。

「哇！真是太壯烈了！整個人就這樣撞上去！啊！啊！」搭配旁白的聲音與精彩畫面的回放，亞京也不忘配上幾個金屬碰撞的鏗鏘音效。

「好感人！好感人喔！」節目中這位主持人吵鬧喧譁的尖細嗓音，亞京已經聽了一個多月。每次上工就是一聽再聽，檢查和比對，是完成工作的必經步驟。偶爾心情上承受不住時，亞京才會摘下耳機，揉揉耳根。

在節目工作人員名單上掛名的，是帶亞京的另一名男助理，但等兩個月後他轉職去接獨立電影之後，亞京就能往上遞補，成爲這檔綜藝節目的掛名音效師了！這其實是很開心的事。雖然離替一線電影配音效的日子還十分遙遠，亞京覺得每一步都很重要。

倘若不保持正面思考，每天都可能被崩潰的情緒給擊倒。

「爲什麼自己要在這裡做這種工作呢？」這種可怕的問題，亞京已經不去發問。

因此，今天同學會上的曉曉神情，亞京是讀得懂的。

她此刻一定也跟自己面臨一樣的困境。有誰喜歡在老朋友面前流露出疲態呢？同學會本來就是個充滿美好誤會的場所，亞京早就學到了。

「亞京，麻煩你替桌電三號和四號補灌一下素材庫！」綁著馬尾的女前輩雖然只有大學學歷，身高也比自己矮上二十公分，但仗著業界經歷，每句話都充滿氣勢。

亞京有些期待地接過前輩手中的光碟。「有新的素材啦？」

「你自己看一下不就知道了？」前輩忙著趕回自己電腦前，替某旅遊台的高質感節目放入收音檔案。如果能像她那樣偶爾去現場收音，離開這個讓人窒息的城市，倒也挺不錯的。亞京總將前輩目前的工作內容，化爲他對未來的期望。

「再撐一下就好了。」他拿著素材，坐到隔壁空位開始灌資料。

原本該趕工作進度的週末，臨時多了這個至少得花一小時才能處理好的工作，亞京也試著用樂觀心態面對。

「等等就來看看有哪些新素材可以用吧！」他期待地點開資料庫檢查檔案。這才發現，灌進去的資料竟比電腦原本既有的素材還舊。

「咦！怎麼會這樣！」重新退出光碟，亞京看見光碟上寫著一行小字，二零一二。

這竟然是兩、三年前的舊素材。

「呃！學姐。」不論學歷，辦公室中的前輩一律以學長姐稱呼。亞京綠著臉呼喚馬尾助理，但她戴著耳機，眼睛飄也不飄一下，不曉得是故意，還是真心沒看見。

亞京本來想起身拍拍她的肩，但他很快地發現另一張光碟的資料才是比較新的。

「自己沒看清楚，也沒辦法怪誰。」亞京壓抑著不耐的怒火，重頭將原本的步驟又進行了一次。

他依舊期待新素材中會有一些好用的檔案，但在隨意檢視後，亞京的心情更是跌入谷底。

「老闆和助理學姐也真是的……我們這三台電腦都是編綜藝節目的，放了這麼多三分鐘以上的古典音樂插曲幹嘛……根本就不會用到。」亞京覺得自己做了白工，但還是儘速完成工作，將光碟禮貌地交回學姐手上。

「謝囉！」學姐連眼睛都沒飄一下，雙手繼續在鍵盤上按著快速鍵作業。

亞京回到自己桌前，正準備繼續工作，董娘就喊吃飯了。

兩個專愛挑吃飯時間才進來打卡的前輩，一前一後地抵達滿是披薩香的工作室。

一位捲髮上罩著漁夫帽的前輩，坐回他所屬的三號桌機。「有人動過這台電腦喔？」

「是我動的，學姐要我灌檔案。」

「什麼檔案？」前輩緊繃的態度，讓亞京也隨之緊張起來，捏著手中的披薩不敢吞下。

「呃……就是一些新的素材。」

「為什麼要灌之前不跟我講！我先前專案檔的索引全部不見啦！檔名編號都亂了，我做了四小時耶！」前輩狂飆怒氣的同時，辦公室的其他人雖是聽到了，卻仍邊望著大螢幕上的足球比賽，邊啃自己的披薩，沒人出聲。

「搞什麼啊！你來幫我補回來好了！」前輩怒氣衝天，只差沒指著亞京的鼻子。「四小時耶！我做那些索引做了四小時，現在全部找不到路徑了啦！」

「我……我下週會幫你補完，真的很抱歉。」亞京也只能這麼回答了。

「搞屁啊！就算你幫我做，也不見得能跟我做得一樣好啊！」得知自己已經毫無損失的前輩，仍繼續罵著。

一分鐘後，董娘拿了一盤薯條來，默默地拍了拍亞京的肩膀。

「你算是我看過最有韌性的碩士生了，還你真是對了。你老闆當初面試時說最怕碩士生，愛吵加薪又愛發脾氣，什麼都不會，自尊心又特別高，被學士學歷的人吼一吼，就想辭職。」

董娘說中了亞京的心事，但亞京只覺得她真陰險，不去指責辦公室其他人，卻特地來給他打預防針。

此時，董娘又繼續說：「我們工作室培養一個人才也很累的，先前就有好幾個碩士生待不下去，老闆才會說不要再錄用碩士生，我是看你條件真的很棒，就特地跟他說一定要錄取你。」

「真的是……很謝謝董娘。」亞京擠出笑容，勉強回答。「沒什麼啦！我會繼續努力的。很抱歉讓大家週末來工作，氣氛還不好。」

「不會啦！感情好才會吵架啦！」董娘滿足地帶著笑臉回廚房去。

亞京壓抑著乾嘔的衝動，坐在座位上放空。

耳畔傳來叮叮咚咚的聲音，窗外似乎飄起了小雨，他走到落地窗前，透過厚重簾子的隙縫往外看。

外頭盡是霧白一片，什麼也看不見。

03.
漂浮在網海的小確幸

週日早晨，曉曉在床鋪上昏昏沉沉地醒來。

「麥當勞午餐特價是十一點開始，現在才九點半……肚子就好餓了喔！」

依舊是省錢一姐的曉曉，歷經同學會的「預算洗劫」之後，決定未來一週的伙食費要嚴格控制，每天餐費不能超過一百五十元。

晚餐打算自己煮火鍋來吃，早餐與午餐併在一起的策略，曉曉也實行一段日子。只是最近經常睡不好，又早起，多半是被餓醒的。然而，雖然醒來了，若坐到電腦前認真工作，不到半小時就會覺得全身痠痛疲憊，又很想躺回床上。

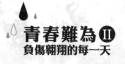

是因爲營養不良，得了什麼病嗎？

「不、不，哪是什麼病，大概就是懶惰病吧！」曉曉拿起毛巾擦了擦汗，緩緩坐起身。

她開了房門，進入公用浴室沖了個涼水澡。時間進入八月，未裝冷氣的盛夏台北雅房，卻是最能省錢的地方。

曉曉租的是一樓，不需受到日光直射，若電扇開到最強直吹身體，倒也不覺得夏天太難熬。畢竟房東已經實施水電全包的策略，自然也不可能再替房客們一一安裝冷氣了。

「好了，有舒服一點了。」曉曉換上外出服，等著十一點一到就去麥當勞排隊。她從小就特別愛吃麥當勞，也覺得超值午餐能夠讓自己吃飽。再說，每天已經很辛苦，若連想吃什麼都不能自行決定，那就太可憐了。

「還有半小時呀……」空腹的曉曉自知無法開工，先用桌電刷著臉書消磨時間。

因爲是難得的週末假期，臉書上的親戚、晚輩、老同學、網路的插畫家同好們都紛紛貼上打卡出遊吃大餐的照片。美麗的國內外景色、讓人垂涎三尺的大餐菜餚拼貼圖、充滿愛意的情侶夕陽剪影，種種幸福的畫面，讓曉曉既羨慕又嫉妒。

「啊！上次在捷運上巧遇的房仲業務佳慈，竟然去墾丁玩了啊！這麼一把年紀了，還穿著比基尼衝到墾丁喔……」曉曉也不免講話酸了起來。

雖然嘴上不饒人，望著螢幕的眼神卻是落寞又欽羨。

「真好啊！這些人，過得真爽。」曉曉不禁覺得自己爲了個麥當勞的超值午餐雀躍期盼，實在很蠢。

不過，現在的她也只有這種讓自己開心的能力了。

臉書繼續往下拉，亞京學長昨晚貼出的動態也映入眼簾。

「雖然還是要加班，但工作室的大家小憩一下，一起喝點酒！董娘買的香氛蠟燭不錯聞！」

附圖是亞京赤著腳板，與工作室其他人員圍著沙發喝紅酒的模糊夜景人像。

底下留言的似乎是他的同事。

「你忘記提到窗外夜景了，我們西北邊還有指南山，不錯看。」

「學長工作的環境感覺很清幽又舒服耶！真羨慕。」曉曉嘆息道。她滿心羨慕那些能以團隊姿態工作的人們。畢竟像她一樣從事創作工作的ＳＯＨＯ族，多半只能一人長期待在同個空間中，每天面對最久的只有電腦。

能夠在工作之餘一起喝點小酒，大家的感情該有多好啊！曉曉又情不自禁地將亞京的臉書圖文看了一次。

「感覺很歡樂耶！真羨慕學長！」她留言道。

當然，曉曉也不忘在亞京的動態上按了個讚。

此時，臉書傳來了新訊息。亞京似乎剛好在線上。

「這是我上次跟妳提到的堂妹。」他丟了自家堂妹的手作粉絲團給曉曉參考，也算是履行上次分別時的約定。

「好，謝謝你！我等等就去看。」

「假日沒出去玩呀？」亞京問。

「等等吃完午餐要工作。」曉曉雖是這麼回著，但剛才檢查過信箱，客戶的新委託是一個也沒有。

「那真的是辛苦妳了，我今天也要去工作室。不過有點宿醉，可能下午才過去。」亞京回覆道。

「感覺你們大家感情很好。」

「還好，只是董娘很海派，吃吃喝喝的機會很多。」

曉曉直覺亞京在謙虛，即使只是吃吃喝喝，對於她這種快沒錢吃飯的人來說，也是值得羨慕的事。

「生活中沒什麼好事，壞事就不提了，但平庸的事也可以美化成好事，至於真正的好事，就要更加大書特書，強調一番。」亞京在螢幕這頭嘆息，總覺得自己在網路上就成了個異常好面子又在意他人眼光的傢伙，他不喜歡這樣的自己，更討厭自己對曉曉說話的語氣。

然而，亞京就是無法開口說實話。

下午還要去工作，但至少今天工作室應該不到小貓兩、三隻，可以好好休息，衝刺工作進度。

「說到進度，那原本也不是我的進度。」亞京想起昨日的那場烏龍就嘔氣。但他是新人，該將「以和為貴」這句話隨時寫在心坎上，也只能忍氣吞聲。

平日忍耐，該排解怨氣時也要正視心理健康。亞京想起曉曉純真又治癒的笑容，覺得學長、學妹互相出來敘敘舊也無妨。

「曉曉，想出來透透氣嗎？晚上我們去夜市走走吧！東西都便宜又好吃。」亞京隱約能感受到曉曉的經濟壓力，這才如此提議道。

不過，螢幕那端的曉曉先是傳了幾句客套話……

「我也很喜歡夜市耶！好久沒去了！」

最後她還是回絕了。「不過今天可能就不行了，我們下個月再約好嘛？」

「好的，沒問題！」亞京乾脆地回答，加了個笑臉的表情貼圖。

過不久，他在曉曉的臉書上看見一則新動態。

「生活中有溫暖的人們真開心！這週末和老朋友聚餐，獲得很多養分，餐點美味又高級，這口感真是久違了！享受過後我要繼續來工作了，可以工作也真的好開心唷！希望客戶們會喜歡我的新作品！」

貼圖附上了四張照片，同學們愉快的合照、曉曉拍攝的美味餐點照片、曉曉新作品電子檔——一幅小女孩在樹下乘涼的塗鴉。

亞京也前往按讚，本想留言，但怕顯得太刻意。

他是打從心底覺得曉曉這學妹很有想法，以前畫電影分鏡時，曉曉的作品總是又快又好，爲人好相處，是天生適合領導人群的才女。對於曉曉選擇宅在家，一個人長期面對孤單的工作，亞京倒覺得有些可惜。

他也看得出來曉曉並不快樂，她是愛笑又勇往直前的女孩，但昨日碰面時卻顯得不太自在。要不是她對這份工作還沒有自信，就是曉曉目前除了經濟壓力之外，還面臨了什麼難以啓齒的問題。

雖然這些都是不能說破的想法，但亞京心想，遲早有天一定要親口跟曉曉好好聊聊。

不管是工作，或者生活，他們其實真的很相像。

※

更新完臉書，享受了幾個讚的洗禮，又回了幾個留言，曉曉回到人力銀行的首頁。

今天將是她做決定的一天。

按過計算機之後，曉曉知道下個月的房租沒有著落。有個前任客戶還欠她三千元，說是已提交給會計審核，下個月才入帳。就算曉曉急得如熱鍋上的螞蟻，對方也無法馬上付錢。

即使從今天開始絕食，下個月的房租也還短少兩千元。曉曉決定照常吃飯，其餘不變。唯一要改變的一點，就是出門去找錢。

「得找個馬上就有錢的工作才行……」才剛這麼想，手機就響了，是媽媽打來的。

「曉曉啊！這週末還沒跟我們報平安，我只好自己打來囉！」媽媽用俏皮的語氣說。身爲家庭主婦的媽媽，目前吃的、用的都還是由爸爸買單，看到身邊的同齡同學動不動就給媽媽買平板電腦、帶家人出國旅行，曉曉只感到愧疚。

「媽媽抱歉，這週末去同學會了，沒跟你們說不回家，對不起。」

「同學會？哎呀！那不是要吃大餐嗎？妳有錢嗎？」媽媽直覺地問。此時，曉曉的眼淚掉了下來。

媽媽的語氣，跟十年前她還在念高中時一模一樣。一想到自己出了社會，卻還要讓媽媽擔心這種事，曉曉怎麼樣也無法原諒自己。

「有啦！有錢，套餐都兩、三百，沒有很貴啦！」

「怎麼會這麼便宜，妳還真會找地點！」媽媽憨直地誇獎道：「阿梅的女兒只要上台北聚餐，一餐都吃到兩、三千耶！我聽了就覺得在台北生活真是恐怖！」

「是還好啦！」此刻的曉曉也不得不同意媽媽的話，台北居大不易。

要不是與客戶面試、討論工作多半需要在台北地區，曉曉當初也沒想到自己會一直租著碩士時期的房子，畢業兩年都還沒退掉。

或許她已習慣了台北，也真的需要台北。

但台北，卻不需要她了。

「那妳錢還夠用嗎？」媽媽追問：「上次爸爸匯錢給妳都是半年前的事了，妳又很少回家，我們想說要不要再匯給妳。」

曉曉欲言又止。倘若此刻說了句「要」，再補講個金額，她正在瀏覽的人力銀行網頁，就可馬上關掉了。

而她又能恢復每天睡醒只管創作，餐餐吃飽的生活。

「媽……不用匯錢，真的不用啦！還夠用的。」

「客戶都還穩定嗎？」

「很穩定啊！大家都很喜歡我！」

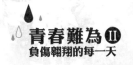

媽媽仍不放心。「那每個月這樣賺多少啊？」

「兩、三萬沒問題啦！雖然不多，但很多人都22 K，我也不能要求太高。至少他們的22 K是每天做牛做馬換來的，我只要每天睡醒畫畫就有22 K了，還不需要擔心啦！」

「還是身體重要，能每天睡飽最好。」媽媽依舊是接受了曉曉一貫的22 K論。母女倆又聊了些別的，才掛掉電話。

一小時後，曉曉穿著套裝急急忙忙地出門。

她要去面試一個補習班助理的兼職工作，因爲離家只有徒步五分鐘，每天多撥出三、四小時工作，也不需趕捷運多花車馬費。曉曉對這個工作的認知爲「誰去應徵都能上手」，既然是知名的大補習班，也不怕對方倒掉。

面試即刻通過之後，當其他助理帶曉曉四處走走認識補習班環境，才讓她的瞌睡蟲紛紛飛來。

助理的工作又雜又累，舉凡幫講師準備講義、臨時影印試題、從各參考書題庫中收集題目之外；也要負責打掃廁所與維持教室整齊，偶爾還要幫補課的學生調整視聽器材。

但每週工時湊滿之後就能領週薪。每個月的確會多出一份收入，數目不大，卻已經不能用「不無小補」來形容，至少這份穩定的收入能讓曉曉三餐吃得均衡點。

接下來，曉曉每天都到補習班兼差，前一週最累，一回家曉曉幾乎沒有力氣創作。但還好打工時間都是傍晚開始，她仍有早上與下午時段可利用。

「習慣之後就覺得，還好有找這份工作。不然平常就算待在家裡也沒有客戶委託我畫畫，那些藝廊的人回信也愛回不回的，每天出來透透氣也不錯。」來補習的國小、國中生雖然皮，但熱鬧的氛圍也讓曉曉沒那麼憂鬱寂寞。

「不過，這樣我就無法算是全職創作者了。」曉曉坐在空教室，批改學生們的考卷剛告個段落，自己又胡思亂想起來。以前方成為插畫家時，曉曉總以「全職」自居，這兩個簡單的字卻散發出一股自尊與驕傲，代表創作者只需專心扮演好創作身份，就能養活自己。

「我也已經不是那種人了，該放下那種沒必要的堅持。」曉曉嘆息道。

看看時間也不早了，很快地家長們就會來接孩子們下課，曉曉拿著考卷回去發放，順便把大門都打開，也到門口協助孩子們牽腳踏車。

「慢慢騎喔！」曉曉朝放學的孩子們揮揮手，家長們騎著機車圍在補習班外頭，等著接孩子。一想到半小時後自己也能下班，曉曉的心情十分輕鬆。

幾個家長的臉閃過，一張青春美麗的熟悉臉龐引起曉曉的注意力。對方也發現了自己。

「咦！」慘了，曉曉舌頭打結，對方的名字自己根本叫不出來，也忘記彼此是怎麼認識的。

「請問是方曉諭嗎？」長髮女孩準確地叫出自己的名字，曉曉更慌了。

「妳好！」曉曉傻笑地承認：「對不起，我記得妳，不過名字我……」

「沒關係啦！我是妳國中隔壁班的賴芷曦，之前補英文的時候我們也在同一家補，常常見面。」芷曦臉上的妝很淡，不像大多數的台灣女孩一樣擦著死白的霧面妝，只穿著短褲、短袖，露出小麥色的健美四肢。她雖踩著夾腳拖，看起來卻異常時髦大方。曉曉印象中的芷曦在國中時皮膚很雪白，但卻有著大嗓門，若被男生捉弄時絕對拳打腳踢，是帥氣的校園風雲人物。

「哦哦！芷曦！」曉曉連忙與她相認，驚訝地推論道：「妳來這裡接小孩嗎？」

「哈哈，我看起來像媽了嗎？我是來接我外甥的！我堂姐這週不在家，姪子暫時跟我和我爸媽住！」

「原來你們全家搬來台北啦？能在這裡相見好神奇喔！」曉曉很高興。

「阿姨！」芷曦身後的國中男孩主動稱呼曉曉道。

「什麼阿姨！」芷曦用力地拍了他的背。「叫姐姐就可以了！才二十幾歲你叫阿姨幹嘛啦！」

「哈哈，沒關係啦！反正我也很常看到你外甥，我在這裡當助教。」

「嗯！我知道啊！妳是新來的吧？上個月我也來這裡接過外甥，但沒看過妳。」

兩人寒暄幾句，芷曦大方秀出手機，雙方交換了臉書與ＬＩＮＥ。芷曦衣著光鮮，頭髮挑染成韓國女星般的豔氣金髮，氣質暖中帶涼，照理來說並不是曉曉擅長相處的類型。

但不知不覺間，曉曉就笑著與芷曦交換了聯絡方式。大概是芷曦的笑容真誠有魅力，再加上自己平日的台北生活太過寂寥，曉曉意識過來時，她已經滿心期待地快走回家，等著用電腦開啟芷曦的臉書。

「這麼有魅力的老朋友，現在應該過得很好吧？」國中時的記憶排山倒海而來，曉曉依稀記得芷曦每每見面都會和她打招呼，但忙於學校與補習班課業，兩人真正交談的時間不多。而曉曉與芷曦當年都只是未施脂粉，小考稍微出得簡單點就高興上一整天的青少女。

忽然間有些懷念那樣的時光，沒什麼物欲，放學回家洗個冷水澡、看個電視，週末逛逛唱片行就很開心。不像現在，每天的生活步調十分貧乏單調，連跟自家人都無法說真心話。

夢想的代價，還真重。曉曉帶著惆悵感，點開芷曦的臉書頁面。

她期待著參與對方的生活，卻又希望接下來所看到的生活型態，別過得比自己好太多。

「我這種心態真是要不得……」曉曉甩甩頭，何時開始變得那麼愛比較，那麼愛羨慕他人？甚至希望別人過得比自己差？

她深呼吸，緩了口氣，才繼續閱讀芷曦的臉書。她的英文名字是Carolyn，非常具有美國西岸陽光魅力的洋派名字。芷曦的動態中、英文交雜。

曉曉回到芷曦的學歷頁面，才發現她的大學是在加州的學校，不過沒有碩士學歷。自己好像贏了她那麼一點，曉曉不自覺鬆了口氣。

「芷曦現在也跟我一樣，二十五還是二十六歲了吧？她在哪裡工作呢？」

可惜芷曦的臉書並沒有提起任何跟工作有關的字眼，照片也多半是一些吃喝玩樂的照片。朋友眾多的她也經常被標籤在一大群帥哥美女的場合，不論是泛舟、野外烤肉派對，還是夜店門口的留影，都看得出芷曦的生活過得滋潤無比。臉書也動不動就破百讚，人氣很高。

「這種風光的人氣女孩，竟然那麼開心地跟我互留聯絡方式啊？」原本雙方八竿子打不著，只因爲是國中隔壁班同學這層淺淺的緣份就互換臉書，曉曉忽然感到五味雜陳。

大概是創作欲望的驅使，她總對他人的生活方式懷抱著好奇心，而臉書就像是一扇扇的窗戶，讓她得以闖進對方的每個幸福瞬間。望著照片中被眾親友圍繞，露出豪邁笑容的芷曦，曉曉彷彿也得以品嘗她生活中的甘美況味。

「別人……真的都活得好精彩喔！」曉曉感嘆道。

曉曉不禁想，在電腦的另一端，也會有人因爲她貼出的照片而感到羨慕嗎？羨慕她構築於網海中，那個繽紛又充滿文藝風味的插畫家生活？

說是場謊言未免太過言重，但的確也不夠真實。

關掉臉書視窗時，深深的空虛感如寒意般竄上曉曉的腦門。

晚間十二點，今天也是沒畫任何一張圖就要入睡了。關掉房燈，曉曉戴上耳機，享受失眠的片刻。

04. 誰不曾體會過折翼？

時間過得飛快，亞京與曉曉曾相約的「下個月」已經到了。這種模稜兩可又容易被遺忘的約定，總是充斥在現代人的各種通訊軟體間，能真心記得又願意履約的，可以說是少數中的少數。就在亞京心想是否該提醒曉曉，又怕顯得自己躁進之時，曉曉竟主動發訊敲定時間。

「亞京，明天你可以嗎？會太倉促嗎？」

「明天我可以耶！」亞京指的是週三。「但平日妳可以嗎？還是要等到週末？」

「我是SOHO，最討厭週末了！明天聽起來很完美啊！」曉曉回道。她一向總在平日閒得慌，打工之後就速速與亞京展開夜市之約。至於週末，則是曉曉關掉臉書宅在家，將眾人的歡樂動態拒於門外，轉而埋頭工作的時間。

她這兩年早已習慣這樣的作息，亞京也懂她的慧眼。畢竟一到週末，大台北地區的休閒娛樂其實不是吃喝或者玩耍，而是「排隊」。

無論是甜甜圈、名廚麵包，還是單純在展覽場館購票，不管走到哪，永遠是永無止盡的人龍，排隊彷彿成了台北人消磨時間、展現財力、充面子的場合。一串串的人龍總能將亞京與曉曉的心情囚禁起來。

擇日不如撞日，平日最好。這個週三晚上，昔日的學長、學妹相約在夜市，伴隨著寥寥可數的人潮，邊走邊聊。

曉曉尚未完全習慣午間與傍晚打工的日子。在努力工作了幾小時後，她臉上稍有倦容，但也提前特地打扮了一番。

她穿著極簡法式風情的黑色短袖洋裝，亞京則是黑襯衫配刷白牛仔褲，兩人走在一起頗為登對。

因為是夜市小吃，預算方面令曉曉稍微放心，但亞京一開始就連請了她兩個攤位的零食，讓曉曉感到很不好意思。

「欸！不要這樣啦！」她笑著拉住亞京的手，開玩笑道：「你這樣我等一下還得請回來耶！」

「沒關係啦！」亞京有些緊張地笑笑。他一直都不是很擅長和女孩子互動，總以爲出手闊氣就是有紳士風度，給人一種詭異的老派感。但曉曉可是新時代女性，自然不喜歡這樣的互動方式，雙方立刻說開，相處總算也自然多了。

曉曉倒覺得訝異，亞京以前在所上人氣很高，不論是學弟妹，還是四、五年級的老師都很喜歡他。不過現在他似乎對自己沒什麼自信，偶爾看起來心不在焉。

「這種時候，不曉得問他工作的事，恰不恰當……」曉曉默默地想了一下，還是決定用可人的語氣發問。「忙了一天出來，感覺沒這麼累了，學長你呢？」

「叫我亞京就好啦！拜託。」他憨厚一笑。「是啊！我覺得耳朵特別累，因爲關在錄音室一整天，沒錄音室用的時候還得戴耳機，先前有前輩一到悶熱的夏季，耳朵皮膚就會過敏呢！」

「真的耶！因爲一整天都戴著耳機……那跟我一整天用眼睛畫畫一樣不舒服呀！」曉曉說。

邊走邊吃著夜市的食物，兩人自然而然地談著彼此的工作經。

不知道爲什麼，一看到亞京俊朗溫和的臉部線條，曉曉就會不自覺想將苦楚對他傾訴。亞京也總是用認真的雙眸凝視著她，像怕在吵雜的人群中漏聽了她的一字一句。

「這週工作還好嘛？」亞京也問。

「不，一點都不好。」曉曉用有些撒嬌的語氣嘆息道。

從上週末開始，忽然有個出版社的客戶主動找上曉曉，曉曉週一面試，週二簽約，週三早上火速交了稿件的一部份，對方卻又說要解約。整個過程讓她氣得要死。

「因爲SOHO每次遇到的客戶都不一樣，對方的態度一開始都很好，但往往要面臨談判破裂跳票的風險。花了多少時間、精力就不用說了，這中間的心情起伏，真想申請賠償！」曉曉激動地揮舞手臂的模樣，看在亞京眼底十分可愛。

「啊！越說越氣！好餓！我要吃牛排！可以嗎？」

「哈哈，可以呀！」

曉曉一看見夜市牛排的攤位就雙眸發亮，亞京也微笑地跟在她身旁，進入點餐。

燒烤過的厚實牛排，充滿肉汁的濃烈香氣。曉曉平常深居簡出，偶爾自炊、偶爾吃吃巷口麵食的她，很久沒嘗到大餐了，自然樂得心滿意足。

她輕輕嚼著肉排，露出純真的微笑。「亞京你好像工作很順利，真好！」

「我沒有很順利呀！」一罐冰啤酒下肚，亞京苦笑道。「我努力做編製，掛名的卻是前輩，本來聽說這個月初他就要轉去做別的節目，讓我全權接手，不過又再度跳票了。我還不知道要當他的奴隸到何時。一想到自己爲了這種小檔次的破節目那麼努力，連個名都沒得掛，誰還會覺得這很順利。」亞京今晚出門時，還沒料到自己能對學妹展現出狼狽的一面。想不到此刻的自己已經侃侃而談。

「唉！這些人真是欺人太甚！比我們早出生個幾年，就在那裡倚老賣老！」曉曉生氣地罵道。

「對啊！原本我剛當兵完時還很樂觀，心想現在媒體都愛說22Ｋ，應該沒這麼嚴重吧！結果真正踏入社會一看，哇！還真的是很慘。像我們公司雖然薪水還可以，但也就只有三萬多啊！好歹我們是碩士畢業，薪水少就算了，做牛做馬也沒關係，但至少不要動不動就塞爛攤子給我們吧？」亞京越說越氣。

「是啊！我幫出版社畫個封面，改東改西不尊重原創就算了，原本談好五千元的價碼，還臨時把我砍了一千五！更有業主老是說下個月就給我薪水，才三千多的稿費，他也要拖個兩、三個月才給我！超爛！」

「不過，我們雖然念同個碩士班，但曉曉妳感覺比我辛苦，薪水不固定之外，妳的業主也不會因爲妳是碩士就多點薪水……啊！抱歉，我沒有批評的意思。」亞京解釋道：「只是心疼妳，感覺每接一次案子就像重新面試一次，很多不安因素要考慮吧?如果又要跟業主磨合,探清他們的脾氣,那就更麻煩了。」

「是啊!你真懂我!」曉曉真誠地讚嘆道。「我是因爲真的很喜歡畫畫,才能克服這些不愉快。只是我偶爾會想,做這行跟我學的電影專業沒什麼關係,有點對不起學校啦!」

「不會啦!那天才看到工作人雜誌,說現今碩士生有六成以上都從事與所學不同的職業。何況,妳的畫畫與先前念的電影都屬於影像視覺藝術,也不是完全無關耶!」

亞京的安慰之詞充滿客觀的溫度,讓曉曉打從心底暖起來。

「真希望我跟其他插畫前輩一樣,趕快把能長久合作的老客戶都定下來,這樣就不用每個月都花這麼多時間和精神尋尋覓覓,磨合半天……先前去參與一個與國際藝廊合作的展覽,繳了兩、三萬,也只得到一堆沒用的商業名片。」曉曉嘆息道:「或許,台灣插畫市場已經飽和了吧!」

「妳可以重新把那些名片拿出來,逐一寄出電子郵件去自我介紹,順便提到對方先前在展覽時有主動給名片。這樣業主們就算不記得了，至少也會覺得有責任回妳的信。」亞京不愧是學長，社會歷練豐富多了。

「咦！真的可以這樣嗎？不會太唐突嗎？都已經一年前的事情了耶！」曉曉瞪大眼睛。

亞京笑道：「一年哪裡算什麼。要是我，五年前的都敢去聯絡！畢竟是對方給妳名片的！大人物都是等著人家去聯絡，妳這樣也沒什麼不好，就當多一個機緣，讓他們重新認識妳呀！」

「也對，一年前我還有很多風格沒嘗試，現在技巧變好、作品集也更豐富了。」

曉曉想起自己讀過的插畫大師自傳，誰當年不是像她一樣名不見經傳？但在那本書中，的確有個插畫家提到，他每年都會將作品集更新之後，和電子聖誕卡一起寄出給所有合作過的業主。一次寄出上百封，等到新年過後，再來一一回信、篩選工作。有時往往因爲自己的主動，而剛好碰上對方開的缺也不一定。

「唉!我真的是太笨,太不積極了。」曉曉心想,經過亞京的提點,她倒是躍躍欲試。

亞京繼續勉勵曉曉道:「我一直覺得,這一、兩年搞不好是我們職業生涯中最不舒服的一段時間,就像折翼的候鳥一樣,趕不趕得上過冬,就看這短短一段時光。」

「真的……」曉曉心有戚戚焉。「我有時也會覺得很窒息,有種到達瓶頸的感覺。」

「如果運勢真的跌入谷底了,就不會再往下掉了,接下來就只會回升了!所以呀!我們就儘管期待吧!」亞京露出淺笑,兩人啜飲著飲料,在攤位上悠閒地仰望城市的夜空。

曉曉很喜歡亞京此刻深邃又純真的眼神,彷彿正視自己心中的黑暗與不足,明天真的就能好起來。

倘若明天無法好起來,那麼下個月、下半年、明年……總會有個谷底回升的時間點吧！現在她與亞京的確只能像折翼的鳥兒一樣，邊擁抱著不如意，邊靜靜地躺在樹蔭下養傷，等待羽翼復元的那一刻。

「只要努力就行了！」原本出社會時總抱著這種念頭。但曉曉漸漸地體會到，如台語諺語所說的「出憨力」是行不通的。不能死心眼地朝某個打不通的關卡猛鑽，有時候繞一條路走，也未必不好。

「亞京，今天很謝謝你能跟我出來。」

「傻瓜喔！這麼客套……那我也要謝謝妳聽我抱怨公事！」

曉曉不禁莞爾。「以往我都很怕對人說起工作上的事，怕自己被對方取笑。畢竟當插畫家是我的夢想，但大多時候，我自己的夢想搖搖欲墜，也不知道怎麼啓齒……」

「一把年紀還談夢想，真有這麼可笑嗎？」亞京驚訝地反問。「我真不知道那些嘲笑別人夢想的人在想什麼，是怕對方做到自己辦不到的事？」

年紀越往三十歲走，亞京越有這種感覺，「夢想」已經不再輕易被身邊的人提起。而昔日好友曾經提過的夢想，如今反倒像是禁忌一樣，有時關心地問了，還惹來別人的白眼與迴避，笑他看不清現實。

曾經說要靠自己能力拍出一部動作片的學長、曾經要前往英國學習動畫的學姐……如今每個人都成了普通的上班族，大家都不再談及夢想與遠景，只是盲目地比拼著公司福利。對於亞京來說，更換夢想無所謂，但可怕的是，憑空捏造出自己根本也不喜歡的另一個夢想。

然而，要是未來的這幾年事業上沒任何改變，亞京或許也會變得跟那些他曾經景仰過的學長姐一樣，開始改提股票、出國旅遊、紅利與尾牙待遇了。

望著身旁雙眸閃爍著光彩的曉曉，亞京深感佩服。她不是沒嘗過逐夢的苦頭，卻也屢敗屢戰。曉曉眼底除了即將逝去的挫敗感之外，更充滿堅強又無畏的童真。

回程走回捷運站的路上，靜謐的燈火搖曳在遠方，人聲鼎沸的夜市也彷彿一場幻夢，只剩下偶爾飄來的喧鬧聲。

亞京輕柔地牽起曉曉的手。

他感受到指尖傳來曉曉作爲畫家的那份暖和的韌性。而她也羞澀地回握住他。

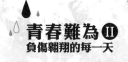

05.

全倒與積分

早晨燦爛的陽光，讓芷曦懷念起那段旅居在美西的悠閒生涯。一身熱褲兼無袖小背心的她，先在社區大廈的健身房跑了半小時，隨後香汗淋漓地掛上毛巾，戴上太陽眼鏡，出門買早餐。

已從美國洛杉磯的大學畢業兩年，芷曦在貪玩的大四時光中錯過了碩士考試，幾個學程申請機會也落榜，愛衝浪也愛派對的她實在不想這麼喪氣地回台灣。本想繼續在洛杉磯或舊金山找工作，無奈學歷不夠優，也沒有特殊執照，始終找不到辦公室吹冷氣的穩定工作。雖然勉強在一個當地設計師的品牌當了幾個月的實習生，卻因爲大而化之的個性被資遣，賦閒了半年，只能在咖啡廳打工。

芷曦只好回台灣了，帶著喝過洋墨水的傲氣，她好不容易在熟人介紹的公司當助理，但對工作內容實在沒興趣，撐了一年想轉職卻遲遲沒著落。爸媽看她心性不定，只好叫她去考公務員，畢竟芷曦的爸爸本身就是台電高層，媽媽則是大學教授。先前累積的家產也為了讓芷曦在美國念書而散得差不多了，原本名下的三間房子也賣得只剩下自住的這間新店華廈。

芷曦自覺對不起爸媽，只好暫時乖乖順了他們的意，每天都泡在圖書館六小時，網路上都說這類「全職考生」是最有機會拚上公務員的。但芷曦自覺念書很無聊，假日偶爾會跟朋友去夜店抒壓，聽聽獨立音樂，跟幾個樂手約會，不知不覺也已經混到二十六歲了。

芷曦總覺得她這樣的年輕人在台灣並不罕見，明明有能力、有經歷，為什麼就是找不到喜歡的工作？她始終對時裝很有興趣，本想去時裝公司當採購，但不知道為什麼，面試就是屢屢不中。

「這個社會真是錯待我了。」不這麼想，只會越來越貶低自己。週一到週五的芷曦是個乖巧的全職考生，生活圈只有家裡與圖書館，只有在上週臨時奉家

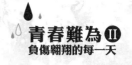

人之命去補習班接外甥時，才遇到曉曉這個能談上幾句的老朋友。

芷曦沒說破，但曉曉跟自己年紀差不多，卻在補習班打工，大概混得也不怎麼樣。曉曉跟芷曦說話的神情也總是有點自卑，眼睛常常不看她。雖自稱是插畫家，作品也不錯，但芷曦認爲這個鬼島根本就不懂得尊重創意人才，曉曉的夢想胎死腹中，大概也是遲早的事情而已。

當然，芷曦不討厭曉曉，她甚至真心欣賞曉曉貼上臉書的畫作，裡頭滿是芷曦所沒有的熱情與才華。只是芷曦也知道，台灣的環境經常充斥著低價案件、不付稿費，甚至亂搞創意人心血的事情，這些都是她的台裔設計師好友潘妮說的。

「反正台灣就是這樣啦！受得了的人就留下來，更有本事想賺更多的，或者比較沒耐性、沒奴性的人，就會走。」潘妮自己主要都在新加坡工作，久久回台灣一次。幹練又多金，年紀輕輕就已經出售不少印花設計給許多華人品牌，芷曦最崇拜的好友就是她了。

芷曦也曾拜託潘妮幫忙介紹工作，可惜潘妮不曉得是真的太忙，還是不願意淌這渾水，始終沒給芷曦一個答覆。兩人見面時多半在抱怨台灣、歌頌國外，倒也頗意氣相投的。

經過這幾年的經驗下來，芷曦認為許多台灣人很愛排擠歸國子女，她過去在職場中只是隨口烙了幾句英文，就會被酸說「想念美國」，還曾在私底下被砲轟。如果還提過自己交了老外男友，旁人的眼神又是一陣詭異。

「真的不知道當今的台灣人怎麼了。」抱持著無奈苦悶的心情，芷曦揹起裝著高普考書籍的大帆布包搭上公車。有個大學男生向她搭訕，但芷曦沒想搭理他，只笑著用兩句話就拒絕了對方。

雖然目前失業在家，但芷曦的戶頭有爸媽每個月打進來的零用錢，過得挺愜意，週末花費完全不需要擔心。她身旁的朋友也大多是不需擔心工作的歸國子女，有許多靠爸靠媽族，也就是俗稱的富二代。唯一有個最近經常和朋友玩耍的男孩「里歐」特別不一樣。

里歐是國外碩士畢業的大男孩，回台就職於微軟，最近才和交往五年的女友分手，芷曦對他特別有意思，也將追求他的過程當作自己生活重心。即使到了圖書館，她也經常查看對方的instagram相簿，更不用說臉書和LINE了。

「你有特別喜歡的美式料理嘛？」剛在圖書館坐下，芷曦又想起里歐，點開LINE傳了個訊息，才開始讀書。念書到中午，芷曦伸展坐了三、四小時的僵硬肢體，到圖書館樓下的商圈吃飯。

「唉！又是已讀不回。」讀書的日子非常苦悶，芷曦發覺自己除了想好好交個男友之外，還真沒有太多的精神寄託。

午餐時間到了，芷曦來到麵攤吃牛肉麵，湯汁香濃、麵條帶勁。

「回台灣最大的優點，就是四處都是美食！」她替這碗幸運的牛肉麵拍照上傳，邊吃邊檢查其他訊息。

由於里歐總是愛回不回，芷曦就朝共同朋友小邵下手，希望小邵與他交往多年的女友妮可，能幫自己從中作媒。

他們都是先前在朋友聚會場合認識的正直好人，大家也相談甚歡。芷曦長年在國外也學到了美國人厚臉皮的社交技能，能動用人力資源時，絕對把手機聯絡人翻一遍才罷休。

「小邵，妮可，幫我找里歐來個 DOUBLE DATE 好不好？我請你們吃飯！」她開了個群組訊息，拉來小邵與妮可。他們是對親切、健談、感情又穩定的情侶，在朋友圈中也有「戀情製造機」的美稱，芷曦覺得自己此番行徑並不過分。

此時，小邵回訊道：「妮可最近要忙學校學生的暑期輔導，可能沒空。如果里歐願意的話，我們再找多一點人，也許約去海灘烤肉也不錯。」

「好耶！那你能幫我約里歐嗎？」

「那傢伙雖然是南加大碩士畢業的，不過回台就變回宅男一枚，我們也很難約耶！」小邵回訊道：「當然，我會盡量找他出來的！」

「拜託你了！」芷曦的胃已經被香濃的牛肉麵給填飽，心靈也燃起了希望。

想不到幾小時後的傍晚，芷曦正準備離開圖書館返家時，小邵傳來了緊急訊息。

「今天我和里歐，還有一些朋友臨時要去打保齡球，妳要不要也過來，假裝巧遇？」

「哇！真是太感謝了！」芷曦十分激動，只差沒在靜謐的圖書大樓叫出聲。她回傳了感動大哭的貼圖給小邵這名「線人」，隨後就回家速速煮了點東西吃，換上保齡球裝扮。

看到芷曦明亮的神采，剛從學校下班返家的教授媽媽，十分滿意。「哦！今天考古題做得不錯嘛？」

「嗯嗯！還可以囉！」平常一聽到爸媽打探進度就反感的芷曦，此刻也露出笑容。「晚上我要跟朋友出去。」

「那個……你爸今天早上才在問我，妳是不是要開始去補習比較好？週末都有那種衝刺班，老吳的兒子去補了幾個月，很快就考上了耶！」

芷曦聽了只想翻臉。週末去補習？那她唯一抒壓的時段，不也會被硬生生奪走嗎？不過在這個保守的家裡，凡事都要先經過長期的抗爭與溝通，爸媽才會改變心意。

「平常週一到週五，我已經盡量聽你們的話乖乖讀書了，週末想出去透透氣，難道不行嗎？我不是能耐得了高壓的人，若真的週一到週日都在讀書，我一定會瘋掉的，那樣的話就更不可能考上了。」

「不，若妳真的認真準備的話，這一、兩年就能考上，又不需要忍耐多久！等到有了公務員鐵飯碗，以後要玩到瘋都沒關係。」不管怎麼反駁，伶牙俐齒的老媽也總有另一套理由。

看來今天之內是無法說服老媽了，芷曦搖搖頭，只想早點出門，省得在接下來的關鍵場合被搞壞心情。她穿著球鞋配短裙，俏麗的挑染金色馬尾與長長的眼線，彷彿韓流MV的女主角般，路人也被她渾身洋溢的自信所感染。

芷曦挺著胸膛，外表搶眼的她，一舉一動都很耐看。先前剛回台灣時還曾被星探搭訕，只可惜她嫌當臨演太累，通過試鏡後也只在一、兩支廣告內露臉不到兩秒，還好她也沒對台灣的演藝圈抱什麼期望。

捷運上，芷曦看到曉曉在臉書雀躍地貼文說案子有了著落，也替她開心，留了個簡單的言。

「加油喔！真的很喜歡妳的畫！一定會有更多人賞識妳的！」大概是在重要的約會前，想多替自己累積點正向能量，芷曦感覺自己的內心也開朗起來。

到了保齡球館，遠遠就看見小邵穿著黑衣配卡其七分褲的健朗身影，以及一身細皮嫩肉，穿著簡單純色T恤、戴著粗框眼鏡的里歐。其餘的是三三兩兩不熟識的男女，與他們快速混熟，對芷曦來說一向不是難事，因此她直接大方地走了過去，小邵也聰明地率先接話。

「妳怎麼在這裡？真巧耶！」

「我陪朋友來逛街，她提前回去了，本來想說去美食街吃點東西，記錯樓層就跑到這裡來了！」芷曦輕盈一笑，不忘對一旁的里歐放電。「嗨！又見面了。」

「嗨！」里歐今天的裝扮很簡單，戴著瑪瑙色眼鏡的他流露出雅痞的斯文味道，讓芷曦很是心動。從里歐幾乎面無表情的臉龐，很難讀出他對芷曦的真正看法為何，他就像是一杯白開水，清清淡淡，卻頗能解渴。

「我們來用黑白猜決定隊伍吧！」小邵邊對芷曦打暗號，芷曦也眼明手快慢出了半秒，以便跟里歐同隊。兩方人馬玩起了分組對抗。

皮膚黝黑的小邵笑起來很有健美男孩的味道，里歐則是文質彬彬，但雙方都有著不錯的身手，邊玩球邊聊天，眾人也叫了簡單的餐點一起吃。

「來吃這個薯條吧！很好吃耶！海苔粉很棒！」芷曦故意找話題與里歐聊，正好還沒輪到他倆上場，里歐看起來已有些倦色了，便乖乖來到芷曦身旁的沙發坐下。

「抱歉喔！我不是很喜歡用ＬＩＮＥ。」里歐大概是想到他經常對芷曦已讀不回的事情，竟然率先道歉，倒讓芷曦心底暖暖的。

「沒關係呀！本來還想說是不是我一直密你，讓你覺得很煩。」芷曦乾脆將錯就錯，也甜甜地反問。

「還好。」里歐淡淡地說完，喝了一口桌邊的可樂。「現在妳在哪裡上班啊？」

「哦哦……我……」想了一想，芷曦還是決定據實以答。「我現在在準備國考，外交人員考試。」

「是喔！想在公家機關上班啊？」里歐終於正眼瞧向芷曦，她連忙坐挺身子。

「也沒有特別想在公家機關啦……」深怕里歐也對自己有刻板印象，芷曦苦笑解說道。

「那既然沒有特別想當公務員，爲什麼又要準備國考啊？那不是很累嗎？」里歐關心的語氣，卻讓芷曦有些難接話。

因爲他的問題實在太一針見血、拳拳到肉了。

「嗯！準備國考雖然很累，但我已經把自己想試的行業都試過了，結果也不太好，所以……」芷曦緩聲回答，雖然此刻有些難堪，但她至少抓住里歐的注意力了。

「都做過了？那妳做過什麼行業啊？」

「我去當過美國設計師品牌的實習生，回台灣也做過網購品牌的工作。」芷曦忽然有種自己在面試的錯覺，真是緊張又尷尬。

一旁的小邵連忙打圓場。「哦！你看芷曦的外表也知道，她很時尚啊！會喜歡時尚的工作也不奇怪。」

「可是時尚產業還滿廣的，妳竟然說自己都做過了。」里歐快人快語，一臉驚奇，芷曦分不出這是好的驚奇，還是壞的驚奇，只能傻笑。

「哈哈，可能我學歷也不夠高吧！現在很多好工作都留給碩士生，你也知道，台灣滿街碩士生啊！」

里歐自己本身也是碩士生，因此芷曦話一出口就後悔了。

「不，時裝產業應該不會那麼重視學歷才對。」里歐問：「妳大學是學商的？」

「嗯！企業管理。」

「哦！企業管理是滿普遍的，那有什麼專長嗎？」里歐微笑道，彷彿知道自己再不笑，芷曦就要哭出來了。

「專長，沒什麼專長耶！就是喜歡運動這樣。」芷曦故意做出一個爽朗的笑靨，聳了聳肩。

她反問：「那你對我的工作選擇，有什麼建議嗎？我是真的覺得工作不好找耶！」

「嗯！的確是不好找，也不好待，台灣的要求比較……奇怪。」里歐輕嘆一口氣，芷曦認為他是認同自己了，開心極了。

「哈，你果然是海外回來的，很有想法嘛！」

「沒有啊！」里歐的表情看不出是有心事，還是單純覺得無聊了。「不過，我也是累積了一些工作經驗，才遇到兩年前微軟的機會。」

起身回到球道，望著里歐悠然的背影，芷曦忽然有些開心。里歐如果是想貶低她，方才就不用說到自己的經驗了。

「原來他是想多認識我一點，才會鼓勵我。」芷曦臉上漾起笑意。

「里歐不是那種壞嘴的人，他對妳感興趣了，很好啊！」一旁的小邵拍拍芷曦的肩膀。

「是啊！我有種被他鼓勵到的感覺耶！」

「說實在的……或許此話不中聽啦！」小邵低聲起來，眼中的神情卻非常率真。「但我覺得，也許考公務員，並不是最能讓妳開心的選擇。」

「說真的，我覺得公務員應該很無聊啊！」芷曦大嗓門地苦笑道：「我先前做過的工作中，最怕的就是無聊！可是我爸又說『無不無聊，要看單位』……現在想想，我要寒窗苦讀加上好運氣才考得上，考進去後還要想辦法再生出更多的運氣，進到不無聊的好單位……這機率怎麼想都很低啊！」

小邵不想對芷曦的前途做太多評論，只是順著她的話點點頭。

「不過，如果妳開心的話，考公務員就不會是個折磨，連準備考試的每一天都會很有動力吧！」他溫和地微笑道。

輪到芷曦打球了，她用華麗的姿勢半跑半跳，心底卻想著今晚真有收穫，原本以為是出來享樂的，幾位敢說真話的朋友卻給了她不同的思考方向。

望著筆直的球道，芷曦使勁丟出一球。瓶子在球道盡頭轟轟烈烈地東倒西歪，無論是倒向何方、發出何種聲響，瓶子們終究都會掉進溝槽，被機器運走。

「人生不也是這樣？寧願漂亮地打個全倒，也不要直接洗溝，讓瓶子原封不動地留在原地。」芷曦心想。

望向藍色小螢幕上的累進積分，芷曦知道不管得分多寡，每一局都還是會有數字持續增長。也許職涯經驗也是如此，無論每份工作如何收場，不也學到了一些經驗？

芷曦心底已經有了答案。只是，要說明到父母能夠接納，恐怕還得經歷一番長期抗戰了。

06.

伯樂面前的出線機會

曉曉前往一間新出版社開會，她散發出充滿希望的微甜香氣，穿著粉藍底碎花小洋裝，將頭髮往上盤，準備以輕鬆的姿態度過初秋殘暑。

台北的暑氣總是可怕，就算會議在晚間七點舉行，一踏出捷運時總會有股溼熱的空氣瞬間貼上臉頰，讓人十分不適。

這份插畫工作，預計是要替出版社繪製一連串的系列形象插圖，業主是透過曉曉自主投履歷時接觸到的，也是難得會主動回覆曉曉的客戶，讓她很是開心。

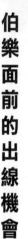

雖然這間出版社才剛成立，一本書都沒出過，但總編自稱有許多業界大牌作家已經著手在替他們創作，而曉曉也很期待與這些大牌合作。

「如果第一本書就是跟業界老師合作的繪本，那就太好了。履歷上也會很加分的！」

因爲出版社尙未申請辦公地址，目前只在女總編的自宅開會，曉曉事前也特地打聽過總編是她學妹合作過的一個熟人，因此才安心地決定前往開會。

會議地點在女總編家中的客廳，涼涼的冷氣與滿桌的食物讓曉曉有種賓至如歸的感受，她所要的不多，只是一種基本的尊重而已。

「來，妳是曉曉吧？坐啊！」總編嘴很甜，還誇獎了曉曉本人漂亮、衣服搭配得好看，又問她吃過晚餐沒，要她先跟已經到場的幾位年輕作者談天。

曉曉一聊才發現，這些作者多半跟自己一樣沒有出版經驗，有些在網路上連載過小說、有些得過幾次文學獎，都是七年級與八年級生，青澀友善。

原來他們都是總編和發行人動用人脈，從台北名校找來的大學生與碩士生。正值書系規劃期間，這些年輕作家都認爲自己的點子有可能被採用，也可能搭上順風車，便會竭誠地爲出版團隊貢獻點子。

會議剛開始，總編就一人發了兩百元車馬費，讓曉曉有些驚喜。

「其實他們本來就要給我們車馬費啊！我們又不是免費來這邊給他們提供點子的。」一頭及肩棕髮的女作家草兒，低聲對曉曉說。

聽說草兒目前也是兼了四、五個家教，將其餘時間都拿來寫作，讓曉曉對這個世故的女孩很感興趣。

草兒繼續耳語道：「其實這種提案型的會議，很容易不了了之，背後的黑箱作業也很多，要是沒車馬費，我還不願意來咧！要我們從晚上七點坐到十點，兩百元我還嫌太少！」

「這樣啊……」曉曉忽然覺得自己還真容易取悅。

會議開始沒多久，兩位大牌作家總算姍姍來遲，他們都是撰寫過兒童文學的五年級生，一男一女，分別爲黎老師與徐教授。曉曉小時候就讀過他們的作品，如今能同桌吃飯、開會，更覺得不可思議。

總編笑道：「我們既漂亮又可愛的插畫家曉曉，已經繪製了一系列的形象插畫，我們先來看看她的作品，大家討論一下。」

其餘作家紛紛對曉曉投以欽佩的目光，彷彿她先拿出成果，已經先馳得點。只有草兒雖然面帶微笑，但表情不怎麼自在。

當總編用投影片秀出曉曉的作品時，大家紛紛讚嘆，曉曉則紅了臉龐。

「不好意思，現在是要討論什麼？」草兒發問。

「兩位作家老師，覺得曉曉的作品怎麼樣？這是針對黎老師目前尚在創作的繪本原型去畫的。」總編說明道。

「嗯……我覺得呼嚕嚕這個角色比我想像中還要狡猾的感覺，如果能有一點波希米亞裝扮，增加她造型的柔軟度或許會更好。整體很有風格，但是風格又不太統一。」黎老師率先一張張批評並給意見，曉曉雖然感覺芒刺在背，還是認真記筆記。說真的，記了這麼多，她回去也不知道要從何改起。

「那我的書，妳畫了沒？」徐教授溫柔地問。

「還沒。」

「那下次麻煩曉曉帶徐教授的『驚天海底城』這個故事的角色設定來。」

接下來大家繼續討論著新書系的內容，許多年輕作家都紛紛發表意見。總編還要大家各自安靜十分鐘，現場想故事，氣氛瞬間變得劍拔弩張。

曉曉自己也想了一個故事，來打發時間。

最後大牌老師們針對學生們的故事一一給了意見，總編竟然帶頭聊起房地產與自家小孩最近都在學什麼才藝，拖拖拉拉到晚間十點半才散會。

學生們各自散會，但總編等人仍開了紅酒繼續聊天。

大夥兒面有倦色地搭電梯下樓，曉曉與草兒坐到同個捷運站回家。路上，草兒率先開炮。

「所以我說開會就是浪費時間，這種想聊什麼就聊什麼的大人物，真是沒有專業意識！」

「嗯……我也覺得頭昏腦脹，有種不知道今晚到底做了什麼的感覺。」

草兒翻了翻白眼。「這就是沒效率的會議，所造成的負面效果。」

「草兒，妳感覺很有經驗啊？」曉曉有些羨慕地問。

「我以前和我同學組過一個工作室，製作小孩玩遊戲兼讀故事的FLASH動畫，像總編那種愛畫大餅的業主，我看多了！」草兒青春的臉龐上，竟有幾絲無奈與滄桑。「他們總是說得很好聽，像妳，也是希望自己能與大牌作家合作出書，名字被印在封面上，所以才會加入的吧！」

「是啊……」

「其實，我也是。」草兒淘氣地露齒一笑。「我們忍受這種畫大餅的人，無非就是想吃到那塊大餅而已。大家都知道這群大人可能在騙人，但機率這種東西就是一半一半，要不是看中那另一半，我們也不用這麼拼死拼活了。」她語中的那句「大人」，不知道是酸對方為「大人物」，還是相對於自己仍是年輕女孩的角度，來看對方這些長輩。

總之，「大人」這個用詞聽在曉曉耳底卻十分自然，因為她啊！絕對還不是大人的一分子。

「大家都真的是爭個機會……因為總編一開始就開宗明義地告訴我們『可

以出書』，我才會先畫了那些草稿。」曉曉說。

「但從剛剛黎老師的話聽起來，他這個故事根本就還沒完成啊！現在就叫妳畫草稿，會不會太早了？」草兒憂心率直地點出了憂慮。

曉曉聽了，一陣胃痛。「是啊！萬一之後故事有變動，我不是又要做白工了嗎？但黎老師和許教授都叫我下週要再帶新進度來耶！」

「唉！妳真的要理他們嗎？」草兒不耐煩地搖著頭。「我看他們還不知道要拖稿拖到什麼時候，總長三十頁的內容，不才寫了三頁而已嗎？」

曉曉沉默了。

畢竟也是第一天認識草兒，雖然雙方一個畫、一個寫，沒有直接的利益衝突，但曉曉也不排除草兒有搬弄是非的可能性。何況雙方也不太熟，草兒竟然爲了她的事情這麼生氣？

「欸！我覺得妳要問清楚，現在這些前製作業有沒有薪水拿！」草兒又猛然提醒道。

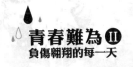

「哦哦……還沒有正式簽書約之前，也可以拿錢嗎？」曉曉傻乎乎地問。

「爲什麼不行？」草兒驚訝地瞪大眼睛。「妳不是也有不少接案經驗了？一手交貨、一手交錢本來就是天經地義的啊！就連試稿，也該有試稿費啊！萬一簽約後，畫好的稿子最後卻沒有如約出版，妳還可以要求他們付違約金耶！」

曉曉真覺得自己道行太淺，草兒的話句句都鏗鏘有力，只是，自己也真的算新人，真有資格要求這些嗎？

她回家後立刻上網爬文，做了些功課，看到旅美的台灣設計師反過頭來說台灣人不懂得爭取權益、奴性太重，處處迎合業主，甘願讓自己被壓榨，曉曉這才恍然大悟，原來她還真是不折不扣的「奴性重」！

「總編，我目前已替貴出版社繪製了六張圖，加上之後的修稿，與徐教授今天要求的另外一組角色設定圖，請問貴出版社能給我多少繪製預算呢？」曉曉客客氣氣地寫了信去詢問。

以往總是一天之內就回信的總編，這次足足拖了四、五天才回郵件。這幾天，曉曉一開信箱就忐忑不安，深怕自己「講錢傷感情」，破壞了這次合作機會。

但仔細想想，自己連一紙合約都沒有，就為這個出版社花了這麼多時間、做了這麼多工，她也不甘心對方就這麼忽視自己的付出。

「其實，一開始就要把預算和報價給我才對。以後我自己也要先報價，才開工。」曉曉也算是上了一課。這幾天，她也不知道該不該繼續繪製開會要用的進度，每天渾渾噩噩地打工、等總編回覆，心情也患得患失。

到了開會前三天，總編總算回信了。

「曉曉，當初是先收到妳毛遂自薦的作品集，覺得妳很謙虛有熱誠，值得一試，我們才把這個機會給妳。對於妳忽然要求預算，我感到有點錯愕，一般的作者都是在出書後才能拿到稿費，而支付稿費的部份也只根據書中的最後定稿來計算。看來是因為妳有這個要求，卻沒有先說，才造成了這樣的誤會。這次，我就先通融一下，給妳一張圖一百元的價碼，總共一千兩百元，大後天開會時交給妳。也期待妳開會時交上的作品。」

曉曉看了這封信，心情彷彿洗了三溫暖。一張圖一百元，等於要她賤賣自己的技術與用心。而總編信中甚至暗示她有錯，可以說是面子、裡子都沒留給她。

「怎麼會是我錯了？明明是你們想佔新人便宜吧！請人作畫本來就要先談錢，只會當伸手牌，被我提醒了還這種態度！」曉曉氣炸了，這兩週她作畫、等回覆的時間與心力，豈是區區一千兩百元能彌補的？

曉曉本來想就此與該出版社一刀兩斷，不再出席會議浪費時間，但此刻她又想起草兒那句「大家都是為了那一半的機率」。

「也走到這裡了……就這樣提前放棄，那就真的只能賺到這一千二了。」曉曉咬牙想道。

只要未來還有一絲可能性，她就願意去嘗試，否則自己只會回到原點，又要變回那個每天只能打工領錢、無人賞識的低靡插畫工作者。

「總編，抱歉先前沒溝通好！謝謝您願意給我通融，希望之後有任何繪製的合作行為，我們都能先好好溝通再進行。我目前會先繼續完成徐教授的故事角色設計，開會見！很謝謝您！」

曉曉咬緊牙關勉強回了這封信，還加上幾個表情符號以示友善。

但由於總編拖到這麼晚才回信，原本想開始卻不敢進行的進度，也因此嚴重落後。曉曉勉強畫了一點草稿，才去補習班打工，回家時原本想趕緊熬夜衝刺繪製進度，卻頭昏腦脹，喉嚨也痛了起來。

「糟糕，感冒了嗎？爲什麼偏挑這種時候感冒呀！」曉曉連忙喝了點維他命發泡錠沖成的溫茶，回床上小憩。

但等她再度睜開眼睛時，竟然已經是隔天的早上十點了。

「天啊！已經這麼晚了！後天晚上就要開會了！這樣來得及嗎……」曉曉起身，緊接著又是一陣劇咳，看來感冒不但沒好，反而加重了。

曉曉連忙先打電話到補習班請病假，一方面也想替自己的繪製工作爭取一點時間。隨後，她又在炎熱的九月天上街找醫生，所幸這裡是學區，走到巷口就有中醫和西醫可以選擇。

「終於看到醫生了，人生又有希望了……」拿著藥袋孤零零地回家時，曉曉也不免興起了一些誇張的負面想法。

下午她也持續呈現昏睡狀態，迷迷糊糊之際，手機響了。

「天啊！該不會是出版社來催稿吧？我不是回信了嗎？」曉曉忽然覺得感冒沒好，反而開始胃痛了，她戰戰兢兢地伸手點向手機。

來電者是媽媽。

曉曉無言以對，要是讓媽媽知道她感冒了，只會覺得自己更不孝，只好暫時不接。

沒想到媽媽在鍥而不捨地連撥三通電話之後，更留了語音信箱。

「曉曉啊！我是媽媽啦！這週末要不要回來呀？還是週一比較不忙才回來？媽媽和爸爸昨天看到公視的節目，在討論跟妳一樣的ＳＯＨＯ，看了很有收穫呢！原來也是有不少ＳＯＨＯ搬回家跟爸媽一起住，大家互相照顧，我看到來賓談到他們的情形，好羨慕喔！畢竟每個月都要租金，開銷一定比住家裡大，如果妳在台北覺得累了，不想租屋了，或者始終存不到錢，就回家來住吧！我們養妳呀！妳爸爸和我都說妳回來一次比一次瘦，一定都沒有好好吃飯吧？偶爾也要買點B群……」

媽媽的叮嚀，被語音信箱的長度限制給硬生生切斷，曉曉拿著手機，已經淚流滿面。

她戴著口罩、忍受著鼻水與喉嚨痛的肆虐，回到電腦前打開繪圖軟體。

「一定要爭取、一定要爭取到這次的出書機會……」曉曉忘卻了因感冒而引起的渾身痠痛，手扶著數位繪圖板，一筆一劃地趕起稿來。

07. 走運的醍醐味

「你就這麼沒用嗎？我花了多少心力栽培你！」

「現在說啥都沒用了！知道嗎？」

一男一女之間，激烈的對話正在進行著。相對於他們大學生打扮的青春外貌，聲音表情倒是非常老成熟練。

亞京坐在冷氣放送的錄音間中，聽著今天到訪工作室的兩位素人配音員對戲。

亞京所屬的工作室，偶爾也會出租錄音室，讓想錄音的樂手或者學生製作團隊使用。只需要付場地租金，就會有專業的錄音師協助所有作業，亞京其實很喜歡這樣的安排，每次都自告奮勇排錄音師的班。

但獨自面對電腦與音控台八、九小時，會有種與世隔絕的蒼涼感。若是職場恰巧又遭逢鳥事，那整天的煩躁情緒可是會如影隨形，無人傾吐，也沒辦法轉移焦點。

亞京原本就喜歡接觸各形各色的人群，偶爾以錄音師的身份來協助客戶，讓他很開心。

今天這兩位大學生就非常討喜，左一句「大哥」、右一句「學長」，即使跟他們不同校，亞京仍覺得合作起來很舒服。

他坐在音控室中，用麥克風對錄音間裡的兩個學生說道：「剛剛氣音好像有點重，而且最後一句好像太快了。如果是要表現男主角冷靜下來，也許語氣放緩一點比較好！」在大學時亞京也修過聲音表演學，因此對這兩位年輕客戶的指示，也比平常更詳細。

「謝謝學長！」兩個學生點頭，繼續拿起草稿配音。望著他們認真的身影，亞京想起自己大學是念劇場表演的。因爲爸媽強烈要求他找個更穩定的工作領域，亞京便去讀了電影研究所，也在該校的大學部學習劇本、音效等相關技術課程，他與曉曉就是在那時結識的。

說到曉曉，亞京望著已關機的手機，工作中不開機是他自我要求的原則，不過這並不表示亞京對曉曉的掛念會停止。自從上次一起逛街談心，雙方主動牽手之後，每隔兩、三天，他們都會用ＬＩＮＥ互相閒聊、問候。

前一週是曉曉為了某個商業出版社案件閉關的日子，亞京後知後覺地發現她感冒的事。隔天帶著自己煮的稀飯前往探訪，可惜剛好遇到曉曉去開會，租屋處大門深鎖，亞京只好自己把粥吃了。

在那之後，曉曉也沒有主動表示太多，亞京還以為自己做錯什麼了。直到昨晚，曉曉很開心地說下週可以簽約了，要請亞京吃飯，他這才得以拋開工作上的苦悶，打從心底雀躍起來。

今晚就是兩人聚餐的日子，亞京覺得曉曉真是自己的幸運星，今天到目前為止都比往常好，工作也開心到不行。兩位大學生帶給他很棒的感染力，雙方花了不到兩小時就錄製好內容。

「剛才看到大哥在音控台操縱機器的身影，真是帥氣耶！」男學生稱讚道。

「對呀！中間跑進來幫我們調整器材的時候也超罩的！」

受到這兩位青春學生一前一後的褒獎，亞京真是又驚又喜。他們說話時眼睛總是閃亮著純真的光彩，讓亞京難以相信他們只是在說客套話。

「哎唷！我在這行還是超級新人而已啦！」他笑道。

男大生搖搖頭。「不，這樣的工作真讓人羨慕！我以後的工作有大哥現在一半好就好。」

實在不想在客戶面前批評公司，但亞京真認爲這兩位學生是過譽了，連忙擺擺手。「不會啦！有興趣、有熱誠，一定會順利找到好工作的！我看你們也很多才多藝啊！雖然讀的不是相關科系，還是很有ＳＥＮＳＥ！」

「沒有啦……」兩位學生一個是中文系，一個是電機系，的確不是傳播領域的學生，只是因爲喜歡拍片後製，才自己搞學生電影。

大家相談甚歡，甚至交換了臉書，亞京本來還想在附近的好口碑路邊攤請學生吃飯，但想到自己下午還有外景工作，只好就這麼放他們離開了。

兩個孩子也很依依不捨，甚至拉著亞京在工作室外頭合照才滿足地離去。

「真是的……青春真好啊！」亞京發出美好的嘆息，目送完孩子們的背影關上門。其實自己也只與他們相差七、八歲，心境卻早已大不同。亞京大學時，對於工作的想像也是很簡單，難得在講座上遇到景仰的業界前輩，也總用閃亮的雙眸注視著對方，想多跟對方說幾句話。

誰知道，22K風暴就這麼來了，傳播產業本來就是高流動率又低起薪，再有理想的人，若是沒遇到貴人與伯樂，恐怕就這麼載浮載沉下去了。

至於誰會是亞京在這個工作室中的貴人呢？恐怕就是老闆「安董」與董娘了吧！其他的學長姐，不把爛攤子丟過來，亞京就感激涕零了。

夢醒了，他掩上大門回到自己位於辦公間的座位，繼續處理綜藝節目的音效配置檔案。

今天辦公室人比較少，但留下來的幾位前輩都戴上耳機，臭著臉專心處理工作。綁馬尾的女前輩看到亞京回座，便猛然起身走來。

「亞京，今天錄音室超過時間了吧？不知道我等著用嗎？」

「沒有吧！不是到十一點半嗎？」亞京轉頭看了一下時鐘，十一點三十四分。

「都已經超過十一點半了不是嗎？」前輩仍沒打算放過亞京。

「不，妳可以檢查一下錄音室的器材紀錄時間啊！」亞京不打算再忍受這種無理的脾氣，伶牙俐齒地回嘴道：「我們是十一點二十八分左右就收好所有東西，離開上鎖了。」

「你又沒主動通知我，我哪知道你們什麼時候用完？上次不是也拖了十分鐘。」

「哪一次？」亞京從椅子上起身，用高前輩一個頭的姿勢凝視著她。「我們今天本來就十一點半用完，時間表都寫在白板上，白板就在妳後面，轉個身自己看一下應該不難吧?」

亞京的餘光瞥見董娘與其他兩、三位前輩都戴著耳機,眼光頻頻飄向他,卻裝作沒聽到。

「你不要狡辯好不好?而且,你幹麼還送客戶出去啊?他們就只是小屁孩而已,你有那個閒工夫送他們出門,在門口聊了半天,難道沒時間跟我說一句『學姐,我用完了,妳請』嗎?」前輩咄咄逼人的語氣,讓亞京差點翻了個白眼。

「學姐,現在已經是十一點三十六分了,妳能用錄音室的時間又少了六分鐘,不是應該趕快進去嗎?」亞京嘆了口氣。

「所以你就是不道歉囉?做錯事還反過來指責我!你們這種碩士生就是會靠那張嘴巴!到現在一個節目掛名都沒有,還在門口跟那些學生談什麼工作經對啦!你這種程度喔!騙騙小孩子是可以啦!」

亞京壓抑著怒氣,坐回椅子上戴起耳機。「十一點三十七了喔!」他指著鬧鐘,不打算再回應。

「少這幾分鐘又怎樣！我隨便做都比你快！」女前輩一撥馬尾，總算拿著資料夾進錄音室，還重重地甩上隔音門。

「白痴。」亞京雖然沒罵出聲，嘴形卻難掩怒氣。一旁看戲的同事與前輩們也紛紛移回眼神，繼續做著手邊的工作。

「哇哈哈！好好笑喔！」耳機傳出綜藝節目主持人的白目笑聲，聽起來格外刺耳，亞京想將音量調小，無奈這是工作，還是得開到一定音量才能進行後製編輯。

回想起上個月，自己還因爲能在這蠢節目的名單上掛名而開心，但一直到今天，他都只是另一位前輩的影子罷了。這麼多天過去了，無論安董和前輩怎麼承諾，節目上掛著的都不是他的名。

亞京真覺得這些人都是職業騙徒，表面上給新人希望，背地裡卻是一點誠意也沒有。

靜空思緒，快速完結工作之後，亞京起身到廚房熱便當。由於傳播工作需要大量的體力，他開始拒絕高鹽、高油的外食生活，試著每週至少爲自己帶四次便當。

簡單的夏日雞肉沙拉，灑上他另外準備的小包凱薩醬，吃起來倒也不錯。

「欸！出外景的要走囉！小光！阿蘭，亞京！」聽到老闆安董喊自己的名字，亞京連忙沖洗好食器，拿著器材跟上大夥兒。

安董是個黝黑的禿頭胖子，挺著鮪魚肚坐進駕駛座，手腳倒十分俐落。但每當望著他時，亞京總無法想像這傢伙年輕時也得過不少獎項。

一行人鑽進工作室的公務車。這台老舊的麵包車盡是霉味，空調又壞了，夏天乘坐簡直是酷刑，明明是正想睡午覺的時候，亞京卻得忍受如滾燙鐵籠般的車子顛簸開上山路。一旁的馬尾女前輩與器材助理倒是氣定神閒，竟然還能閉眼打盹。亞京還真佩服他們蟑螂般的生存能力。

好不容易到達外景地點，亞京覺得頭暈想吐，身上竟沒有幾滴汗。

「該不會熱衰竭了吧！」他知道此刻猛灌冰水是大忌，便先小口小口補充水份。在正午的日頭下架完複雜的器材，當他終於回到遮陽棚下，只覺得來到天堂。

今天亞京的工作室參與拍攝的，是公視人生劇展的一部戲。兩位男主角在山區有動作戲與推理戲，劇組人員扛著器材又跑又爬，每個人都很辛苦。眼看女導演都曬成一身黑金了，還充滿活力地吆喝著，讓亞京深感敬佩。

「傳播人果然體力都不是蓋的。我真的差太遠了。」

亞京今天也是以收音助理的身份前來幫忙的，多半需要拿著俗稱「蹦杆」的收音杆站在一旁，還得在頻頻發汗的耳朵上罩著巨大黑耳機，自然是苦差事。

「亞京啊！如果做得好的話，這部片的成音就會掛你的名字。阿蘭和小光這次只是來輔助指導你的，他們之後也要忙別的計畫，不會跟這部電影。所以，就靠你了喔！」安董特地拍了拍亞京，要說亞京聽到這番話不起質疑，那絕對是騙人的。但同時，他也因爲安董這次特別認真的囑咐，心中燃起一絲希望。

能在公視大片上掛「成音」，代表現場收音與後製處理都要交給自己了，又能與頂尖的導演面對面關在錄音室中合作，還能擁有角逐金鐘獎的機會……

榮耀一下子就變得如此貼近，是亞京料想不及的。

「如果這次做得好，我就不用再處理那個只會特寫女藝人胸部的綜藝節目了……」亞京想著，挺起胸膛站到烈日下。

除了手邊進行的收音工作之外，他甚至特別專注地觀察著現場的拍攝氛圍，想記住每一幕的用意，更想抓住導演要的具體感覺。

「很好、很好！」累了整個下午，感覺整個人都快被烤成人乾之際，收工前導演還特別走來對亞京笑了笑，讓他頓時飄飄然。

「謝謝……謝謝李導！」

「下次再一起加油啦！快去喝點水！」導演看起來也頗中意亞京，安菫在一旁笑開懷。

「你看，我選你來參加這班底，不錯吧？導演也喜歡你！」

「謝謝安菫。」縱使平常再多恩怨，亞京這時也露出真誠的笑容道謝。

今天真是過得不錯，中途雖有瘋婆娘朝自己爆氣，但這種接觸到希望的日子，總是甜美燦爛。亞京回工作室之後，邊排在安董與前輩後頭等著沖冷水澡，邊打開手機。

有任何好消息，總想先跟曉曉分享。如果自己的事業更有起色，或許他也更能有勇氣對曉曉告白了。

「今天發生了好事！晚上吃飯說給妳聽！」他傳訊道。

「不要，我要現在就聽！」沒想到曉曉也立刻回訊，語氣撒嬌又可愛。

「真是拿妳沒辦法。」亞京打字道：「我今天開始要參加一個知名導演的拍片計畫，這部片會去報金鐘獎，如果成音能掛我的名字，那就太好了！」

「他們確定會給你掛嗎？」曉曉是個率真的女孩，想到什麼就說什麼，但亞京並不覺得自己被潑冷水，畢竟曉曉問的，也是他心底曾有過的疑惑。

「就先當作有吧！」他遲疑了一下，繼續在手機上鍵入訊息。「若是沒有，至少也能說自己和李導合作過，也是一步一腳印，累積經驗！」

「嗯！能這樣想就太好了！我現在的合約也是有很多不確定……但也是想走一步算一步！活在當下！」曉曉回道，文字中透露出堅定的決心。「希望你的這部片順利掛名！你很有才華，一定可以的！今晚我們都有好消息可以分享了！真是太棒了！」曉曉熱情洋溢的回覆，讓亞京等不及晚餐的到來。

如果能和喜歡的女孩一起面對面暢談工作上的希望，那一定是很棒的心靈享受。亞京也不希望，每次遇到曉曉都只能互相訴苦，雙方沒有半點好消息。他們都是腳踏實地的人，沒理由不能成功吧？

在這個充滿投機份子與天生富家命的花花世界，亞京認為自己和曉曉都已經盡力撐下去了。偶爾老天爺給他們一點甜頭，也不爲過吧？

生活中難得有這種充滿「好事」的小日子，也算是置死地而後生的醍醐味。亞京走進淋浴間沖澡，將一身的砂土與熱汗都洗去，心靈也彷彿受到了滌淨，舒暢萬分。

08.
沒有正解的問題

剛裝潢好的店面，散發出一陣不刺鼻的嶄新油漆味，周邊的家具都用透明紙膜包覆完整，晶亮的地磚也看得出來剛鋪設完畢。氣派的落地窗後是三、四張白色木質大桌，有辦公室的俐落，卻也帶點北歐的溫馨居家感。對街也是兩年前才依照都市建設蓋好的新商街，米白色街磚營造出高檔的異國氛圍。律師事務所、獸醫院、歐式早餐、食堂一字排開。

小邵拆開辦公室的木桌包裝紙，用手輕輕撫摸著桌紋，走道上堆放著沾上木屑的 A4 紙盒、辦公用品與裝箱的電腦。

「總算走到這一天了啊……終於不用窩在家裡的小房間工作了。」小邵與幾個志同道合的朋友花了五年，走了許多冤枉路，才終於在新加坡的創新應用大賽拿到大獎。以製造手機軟體APP為主力，回台開設了這間新公司。

由於需要登門拜訪的客戶越來越多，總不能每次都請對方到家裡客廳，或四處找咖啡廳談公事。讓公司在形象上成為「有殼一族」，也有助於拓展生意。

小邵透過芷曦的家人拉了幾層關係，才用半價的租金與這裡的地主簽約。地主的豪爽，讓小邵省了不少麻煩。

「嗨！就知道你會最早到！」戰友阿睦帶著燦爛的微笑進門。「哇！東西還真的是都搬進來了耶！」

「是啊！終於有大展身手的感覺了！」小邵發出幸福的嘆息。

阿睦搖著手上的紙袋。「欸！對街的早餐，好像很高檔，你若是還餓著就一起吃吧！我只買了三人份，要吃要快喔！」

「對呀！對街到底賣什麼呀？我看上面好像寫什麼歐風、排毒、低卡……」小邵好奇地打開紙袋中的餐盒，裡頭是火雞肉蔬菜卷與海鮮沙拉。

兩個奔向三十大關的男人倉促地坐下，嚼起食物。

「嗯……好吃……這是花枝嗎？也太有創意了吧！」小邵驚呼道。

「看來這附近的店都很有特色，真是適合我們開業啊！」阿睦點點頭。

原本尚未有自己的辦公室兼店面之前，工作團隊都是約在早晨九點半，分屬不同地區的四個創業夥伴邊掛著ＳＫＹＰＥ，邊吃著早飯。他們經常談著公司上市之後的種種情況，也順便開著筆電觀看ＡＰＰ的回饋留言和下載人數。其實小邵認爲邊吃飯邊開會是十分不健康的舉動，因此也希望這種惡習能在新據點開設後終止。

因此，當阿睦邊嚼早餐邊伸手想打開筆電時，小邵笑著阻止了。

「說好了，有新辦公室之後絕對不邊吃飯邊開會，中午時間室內電話與手機一律設轉接，並開啓留言功能！大家的眼睛也不能再盯著電腦！」

「你的堅持，一定也只能撐一週啦！」阿睦憋笑道，小邵則苦笑起來。

「不，一定要徹底實行！」

有這麼北歐作風，講求自然作息與彈性工作的上司，阿睦其實感激在心。

經過了這五年的磨合，四位夥伴彼此都習慣了獨自在家掛網工作，小邵當初要求要開設辦公室，其實也只是排班制，不想將大家長期綁在辦公室內。

若沒有排到班的人也可在家獨立工作，必要時找得到人即可。

算一算，一人每週平均只需要進辦公室三天。

「面試的履歷你看了沒？我真的很怕讓人才等了一個多星期會跑掉。」阿睦提醒道。

「等等吃飽就會看，下週一面試。」小邵吃完創意料理，滿足地喝起該店附贈的天然櫻桃紅茶。

阿睦也食用完畢，邊收拾紙袋邊感嘆：「有這麼棒的店，以後就不用擔心吃得不健康了。」

「不，以後我會從我女友那裡偷學幾招，在辦公室後面的廚房自己煮，老是外食真的太貴了，妮可的那套橄欖油料理法真的很不錯喔！」小邵務實地瞇起眼笑道。

「那就期待了！對了，我已經一個月沒主動聽到你提起妮可了，她最近好嗎？還是一直暗示你要求婚嗎？」阿睦知道小邵的狀況，他與女友的戀情是從大學時代就長跑，又是相差三歲的姐弟戀，原本女友很期待在三十歲之前嫁掉。但因爲前幾年小邵的事業尙在起步，便一直守候至今。

「她一直說三十五歲之後就算高齡產婦了……明明還有兩年啊！」小邵聳聳肩。「唉……兩年啊！這也是我給自己最後的期限了。我們的公司『癮電族』，真的有辦法在這兩年內搞起來嗎……」

「可以的啦！科技創投業本來就競爭激烈，多少團隊現在連間辦公室都沒有耶！」阿睦揚聲鼓勵完，指了指周邊環境。「看看這個房子，裝潢得多漂亮！還有對街的商店，地段多好！我跟我學弟說完，他羨慕都來不及了。」

「嗯！」小邵感謝地對阿睦笑了笑。阿睦一向嘴甜，是團隊中的暖男，不過，這不代表小邵能輕易將事業壓力揮出腦海。

面對女友每兩週見面時都要談到婚嫁，說著她哪位同學生了第三胎、哪位學妹剛去巴黎度蜜月回來……種種對話都讓小邵倍感壓力。

他一直希望在事業真正踏上軌道前，再開始談婚嫁育兒之事，畢竟蠟燭不能多頭燒。就算女友多次說過，自己能忍受長時間待產兼獨守空閨，小邵也不希望自己的第一個孩子在這種狀況下出世。

「如果我現在答應她結婚，一定連孩子幾點出生都不曉得，還要讓老婆自己頂著破了羊水的肚子，搭計程車去醫院……怎麼捨得啊！」小邵腦中描繪出最糟糕的畫面，阿睦卻覺得他想太多了。

「就算真的是在這種情況下去醫院又怎麼樣？雖然會心疼，但孩子平安出世就好啦！過程怎麼樣都無所謂啦！也有很多爸爸是在這種狀況下迎接孩子出世的……欸欸！再說，我們是在資訊業，你又是老闆，爲什麼不能在預產期那幾天先在家裡邊工作邊陪老婆呢？講得這麼嚴重！」阿睦理性的分析，讓小邵的雙眼一亮。

「也是，我好像把事情想得太絕望了。」

「你真的很誇張！」阿睦接腔道：「就算真的得坐計程車，妮可也不會怨你的！她就是那種死心塌地的好女人啊！」

小邵搖搖頭。「唉！正是因爲她總是委曲求全，才覺得很對不起她……」

這段對話，暫時因爲門口來訪的倩影而終止了。

對方有著一頭過肩棕髮，穿著黑色低胸背心與牛仔短裙，腳踩休閒平底鞋，肩揹手染印花大帆布袋。看這風格，即使她臨時換了髮色，小邵也認得出來。

「哦！芷曦，怎麼來了呀？」

「你們開工第一天，當然要來探望一下呀！」芷曦將一頭剛染深的頭髮隨性地綁起來，擦去白皙頸背上的汗水。「你們這裡地段不錯，可惜有點難找，我繞了幾圈才找到。」

阿睦跟芷曦有幾面之緣，也因此注意到她的髮色。「嗨！芷曦！妳染頭髮了？」

「是啊！最近忙著找工作，需要經常面試，髮色染深比較得體。」

小邵讚賞地點點頭，以前總覺得芷曦個性不壞，就是有時像個愛抱怨又驕縱的小女孩，難得看見她對找工作這件事有積極作爲。

「看來，愛情的力量很大喔！」小邵虧道。「里歐之後有聯絡妳嗎？」

「唉！沒有啊！」芷曦從帆布袋中拿出冰盒。「先不說這個，我帶了點心來，是需要排隊買的限量冰淇淋甜甜圈喔！先拿去冰箱，晚點人到齊一起吃吧！」

「我現在就想吃，可以嗎？」阿睦楚楚可憐地望著小邵，徵求同意。小邵當然心軟點頭，芷曦在一旁笑著，三人就這麼先吃了起來。

「里歐應該真的沒有女朋友吧？會不會是他太挑才交不到？」芷曦的話題果然又轉回里歐身上，小邵怎麼可能知道這種細節，聳了聳肩。

「那妳呢？是太挑才交不到嗎？」阿睦沒惡意地反問，但芷曦聽了卻臉色一沉。

「我才不挑好嗎？」

「真的嗎？妳不是說，要盡量跟妳一樣是國外回來的，又要高富帥，但又不能是小開，因爲嫁入豪門很可怕，小三特別多？」阿睦把先前芷曦的話轉述了一次，她卻說只是開玩笑的。

「不過，妳這次選擇的里歐，就完全符合妳的要求啊！」阿睦還不放棄，繼續引導對話。小邵知道芷曦個性比較衝，就頻頻使眼神，要阿睦少說兩句。

「我跟你講，爲什麼我想找國外回來的，因爲台灣男生就是麻煩啦！」芷曦翻了翻白眼。「宅男一堆，不解風情！像你現在就是咄咄逼人，一點也不紳士，人家國外回來的多半知道怎麼對待女性，不會一直追問淑女吧！」

芷曦眼中無笑意，阿睦則有受到批判的感覺，心情不爽，但也只好勉強當芷曦是在開玩笑。

因此，阿睦也以玩笑話的語調繼續反擊。「欸欸！妳說自己是淑女，卻把台灣男生講成宅男？妳最愛的美國就沒有宅男嗎？別什麼都怪台灣好不好？就算宅男又怎麼了？台灣的產值不少都是宅男創造出來的！先前聽到妳說台灣難找工作、台灣人奴性重，那妳當初留在美國找工作就好了，又何必回來抱怨呢？」

「哼！我是想照顧爸爸媽媽才會回來這鬼島好嗎？」芷曦是真的火氣上來了，圓眼怒瞪。「畢竟他們都老了，我又是唯一的獨生女，誰不想找個穩定高薪的工作讓他們兩老安心？我好歹也是在美國讀過大學，哪知道台灣就是愛碩士學歷，只要聽到大學畢業就開個22 K，就舉我親身待過的時尚圈好了，反正永遠和30 k無緣。」

「但這是因為妳工作表現不出色的原因吧？」阿睦覺得芷曦開始強詞奪理。「在國外念書是很厲害，但抱歉，可能是我沒跟妳共事過，我實在看不出妳厲害在哪裡。如果真的有在國外學到東西，那學以致用會很難嗎？妳說時尚圈起薪低，難道不能用能力證明自己嗎？而且，一開始的薪水有這麼重要嗎？妳口口聲聲不是說很愛時尚、很懂時尚，那薪水應該就不是唯一重點了吧！」

「好了、好了！阿睦！」小邵從方才開始就膽顫心驚地觀看這場唇槍舌戰。一看到阿睦把芷曦說得滿臉漲紅，小邵雖深知要給女方留點面子，但一時又想不到要怎麼阻止阿睦繼續開戰，急得手心冒汗。

「我們公司的車位被停了！你趕快去阻止！」小邵連忙指向門口，還真的有台車想臨停，支開阿睦後，小邵緊繃地觀察著芷曦的臉色。

她不發一語，低頭裝忙，玩著手機。

「芷曦……」小邵緩緩朝她遞了杯水。「來、來，別跟那傢伙計較。」

「唉！你們這種沒出過國的台灣人就是眼界小，動不動就愛攻擊我們，我被罵得莫名其妙，憑什麼要被那種人說啊？我在國外學到什麼東西，還得一一向他報備不成？」

小邵心底升起一絲想辯駁的情緒，但他知道芷曦根本也聽不進去，只能暫時以和為貴。

「抱歉、抱歉……阿睦他比較……口無遮攔啦！」

「我先回去了。」芷曦揹起包包，正好與從門口回來的阿睦擦身而過，正眼都不看他一下。

芷曦很快就走遠了，往對街的方向氣沖沖地移動腳步。

「假ＡＢＣ生氣了嗎？」阿睦皮笑肉不笑地問。

「欸！夠了啦！別這樣說她。」

「本來就是啊！我們台灣人對留學回來的並沒有偏見啊！是她這種假ＡＢＣ對我們才有偏見！」

「依我看，大家都難免有偏見！」小邵重重嘆了口氣。「而且雙方都是台灣人，沒有必要在那裡切割啦！或許，芷曦是有些眼高手低，但你也跟她沒那麼熟，當面講這種事情，本來就很傷女孩子。」

「哇！你真是個ＧＥＮＴＬＥＭＡＮ！」阿睦故意用洋腔誇獎道。

其實，小邵當然明白阿睦方才爲何如此激動。雖然他一向是團隊中的暖男，但阿睦遇到看不慣的事情本來就愛仗義執言，而能讓他這種好好先生瞬間變成戰神，芷曦其實也不簡單。

應該說她是天真到有些白目吧！小邵心想，難怪里歐看不上她。能夠包容這種驕縱脾氣女孩的人，在十年前或許還有，現在可就不多了。台灣的新一代很怕被貼上無能、眼界小的標籤，大家生活都很苦，但不代表可以出張嘴每天抱怨，卻不爲這個社會貢獻所長。

冷靜片刻後，小邵也轉身安撫阿睦的情緒。「真正辛苦的，是我們這些還願意根留台灣的人啊！就拿我們所在的資訊業來說，競爭何其激烈，三、五百萬在一夕之間就可能成爲泡影。但我和你還不是從基層努力做起，咬牙跟它拼了，即使每天聽人家說鬼島、鬼島，我們也是還在爲了這個鬼島努力，誰都沒有逃開。」

「我們是台灣牛嘛！」阿睦臉上浮現了以自己爲傲的神色，伸手與小邵握著。「每當我遇到困難，就想到自己兩年前沒被新加坡挖角過去，是爲了什麼。就是爲了我們這個團隊在台灣的發展呀！今天是開工第一天，我卻跟人家吵這個，實在白痴透了！還是你理性，真的。我就不跟那種女人計較了。」

「真的不需要計較啦……」小邵苦笑。「她短時間內還是不會懂吧！台灣這一代的年輕人需要多努力，才能跟高物價、低薪的狀況奮戰……像我爸媽那輩能用一百萬台幣買到透天大房子的年代，早已過去了。」

「唉！聽到房子就想吐。」阿睦揮了揮手，彷彿想把周邊的惡寒驅散。「專家早就算過，我們就算一輩子不吃不喝、努力賺錢，也買不起大台北地區的房子啊！三、五年前還有人說台南、高雄房子便宜超多，現在呢？沒有人提了。更不用說現在通貨膨脹、物價狂飆，稅單、保單一張張來洗劫，我們老了還能拿回多少政府給的老人年金？真是不敢想像！」

小邵垂下頭，回憶道：「是啊……我念大學的時候，一堆雜誌很愛談年輕人怎麼存到第一桶金，一百萬。結果我昨天上網看留言區，有個十八歲的女生好不容易存到這一百萬，問網友該怎麼規劃。結果呢！底下的推文留言紛紛跟她說『一百萬哪能做什麼』、『繼續存好了』。呵呵，看了真是不生唏噓。」

「欸！我們好像也抱怨起來了喔！」阿睦無奈地苦笑。

「對呀！別說了，陷在無力迴圈是不行的！」小邵拍拍雙手。「開工吧！先來整理東西！」

兩個男人在稍顯凌亂的嶄新店面移動腳步，開始替未來的門面做準備。

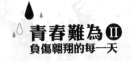

09.女孩夜談

芷曦泡在浴缸中，雖然身旁盡是高級香氛蠟燭，滑過肌膚的也是美國高價的天然沐浴精，但她一點也不覺得自己很幸福。

以往遇到難過的事，總是泡個澡、睡個覺就能平復心情，但今天卻不一樣。

一開始聽到阿睦說出那種話，芷曦只想把他的臉打成肉醬。她忘記自己怎麼回家的，一路上只覺得自己身上千瘡百孔，心靈忽然間有個巨大的黑洞不斷侵蝕蔓延，腦袋也空了。

身子輕飄飄的，回到家裡，聽到大門關起的聲響，她才哇的一聲崩潰大哭起來。

還好家裡沒有人在，爸媽週末南下去拜會職場上的朋友，空蕩蕩的家，反而更讓人放鬆。

芷曦哭腫了眼，溜到媽媽房間拿起一顆輕量的助眠藥。雖然才下午一點，但她滿心只想好好睡一覺，暫時忘記自己是個意志不堅的國考考生，及剛被人羞辱過的這些鳥事。

不知道何去何從，芷曦的心情如漂浮在水中的無根水草，抱著枕頭試了十五分鐘努力想睡著，就在她猜想藥效是否還沒發揮之際，芷曦終於緩緩進入了無意識的狀態。

隱約感到房間內忽冷忽熱。暫時忘卻了方才那番激烈的對話，芷曦只覺得對方根本也跟自己沒那麼熟，只是偶爾透過共同朋友閒聊幾句，憑什麼對自己展開人身攻擊呢？

同時，芷曦心底更深的角落，也迴盪起另一種思緒。

其實對方也沒完全說錯。

「我大概真的是很沒用的人……回台灣就不行了，這也是事實。而且，我也很狡猾，懶得另外找工作，又自以爲一定考得上公務員，每個月就拿爸媽的零用錢鬼混……」

芷曦約躺了半小時，起身去泡了個澡。

「原來……我這麼不快樂，只是死愛面子，緊抓著自己在美國念大學就特別了不起這點，無意中大概觸怒了很多人吧！」芷曦回想起自己在職場過去的不愉快，那時她往往覺得自己受到許多台灣人的打壓，明明自己也是台灣人，卻與他們如此疏離。

至今她才忽然明白，原來是她的價值觀和他人太不相同了。而今天與她挑起戰火的阿睦，其實一直也是小邵公司的好好先生，對於自己竟然能把這種好脾氣的人，在一、兩場對話中變成攻擊狂，更讓芷曦十分不解。

明明是九月天，從浴缸起身的芷曦，卻感覺一陣冰寒。她一面啜泣，一面將身體裹進大毛巾中。

「唉！好孤單啊！又不知道要找誰講話……看來我幾乎沒有可以在這種時

候互相安慰的朋友……」大學是在國外念的，好姐妹多半是美國人。回台灣之後陸陸續續轉換職場，當然也遇不到什麼能真心傾吐的對象。如芷曦想的，台灣的女性朋友多半討厭自己，男性朋友不是只想跟她上床，就是看不起她，只有小邵這種已經論及婚嫁的，勉強還能做做普通朋友。但雙方並不是能百分百交心的關係，只是互相給點面子罷了。

忽然間，芷曦想起了曉曉。

她走回房間擦乾頭髮，打開電腦，想知道她最近好不好。不過曉曉這幾天沒有特別更新狀態，先前其實也不常更新，大約一、兩週才張貼一次狀態。

芷曦想了又想，覺得讓曉曉將寶貴的創作時間拿來聽自己吐苦水，對她也不太好意思。

但夜晚漫長，恰巧是吃飯時間，芷曦不願孤零零地去超商解決這一餐，還是決定發訊息給曉曉。

「嗨！最近還好嗎？之前我們一直互揪都沒有成行……想找妳聊聊天，吃

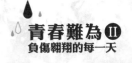

個飯，不曉得妳今天方便嗎？」

「方便啊！」曉曉不改先前陽光的形象，立刻傳來一張歡喜的表情符號。

不過，接下來的這句話，卻讓芷曦十分吃驚。

「過幾天我就要離開台北了，一定要聚一聚的！」

※※

曉曉是個隨和的人，雙方用手機敲定好時間後，當天就輕裝赴約。芷曦以往還想上網慢慢挑燈光美、氣氛佳的餐廳，但經過今天這場震撼教育，她只想把滿心的苦悶說給曉曉聽。

至於餐廳呢？

「只要別太糟就好！」芷曦想道。

兩人挑了住家附近的學區人氣餐廳，裡頭滿是剛結束期末考的大學生，讓剛踏入店門的曉曉也不禁大叫：「真青春啊！」

店員將她們帶到別有洞天的二樓座位，由於人少，冷氣也強，氣氛一下舒坦不少，連說話都得輕聲細語起來。

「應該很好吃吧？我看網路上很多人都推薦這家，離我們住的地方也近。」曉曉點完紅酒牛肉燉飯，露出單純的期待笑容，而芷曦則點了奶油鮭魚蝴蝶麵。

服務生收走菜單後，芷曦立刻與曉曉聊了起來。

「妳爲什麼忽然要搬離台北啊？妳是哪裡人呢？」

「我是新竹人。」曉曉微笑。「其實並不是忽然想搬。我從碩士畢業之後就一直持續之前的租約。這間雅房也陪我度過第一個工作，以及先前重病的那段時間……還有我汗流浹背吹著電風扇趕稿的時光，也很難忘。」曉曉啜飲著桌上的檸檬茶。

「一開始當SOHO時，我認爲自己會頻繁地在台北拜訪客戶、開會。前陣子剛跟出版社簽約時，也因爲一週要開兩次會，就不敢搬回去。但每個月花這五、六千租屋，實在很貴。若是搬回家跟爸媽一起住的話，新竹、台北通車，就算一個月通車八次好了，也只需要一、兩千的車費而已，距離上也可以忍受，睡個覺就到了。」曉曉務實的口吻，讓芷曦忽然敬佩起她。曉曉此刻眼中的堅毅火花，讓芷曦明白她不但是個腳踏實地的人，也是個爲了維持夢想不惜迎戰變化的人。

同時，曉曉更是敢於急流勇退的聰明女孩。

芷曦心想，自己似乎就是缺了這一點，老想一步登天，才會被爸媽哄去考公務員，又無法意志堅定地準備。

「的確……搬回家住很省錢，環境一定也比租屋舒適吧！」芷曦點著頭。「我也是住家裡，雖然常和爸媽起衝突，但他們都是家人，至少不會害我，生活上也很方便。」

「是啊！而且我真的讓我媽、我爸操太多心了……住在那種通風不好的雅房，蚊蟲不但多、霉味也重，最近還有漏水的問題，是上天告訴我真的該搬走了。」

「聽起來就很可怕……妳能忍受這麼久已經很厲害了。」芷曦真誠地點著頭。

「不過，總有一種感覺，好像我是台北的逃兵一樣……混不下去就回家鄉了。」

是有這種感覺。芷曦不太會鼓勵人，也只能做到不把內心話說出口。她望著曉曉今天的裝扮，與兩個月前在補習班打工時看到的不同，薄荷綠洋裝配米色針織衫，十分淑女，更讓人在意的是，曉曉氣色粉嫩清透。

「妳最近看起來比較漂亮耶！」芷曦轉移話題道。「是有什麼好事吧？」

「有啊！」曉曉率直一笑。「我交男朋友了！」

「哇喔！好好喔！」芷曦燦爛地抬高音調恭喜她。「恭喜耶！」

「哈哈哈，謝謝。曖昧了一陣子，上個月底在一起了。」

「真好！我喜歡的對象，連跟我曖昧都不願意呀！」芷曦想起自己慘澹的倒追經驗，里歐雖然不討厭她，但也看不出有多喜歡她。再加上芷曦前陣子遭遇了嚴重的信心危機，正想找個工作「東山再起」，一時間也不敢再主動約里歐，也不好意思一直拜託小邵再幫她安排。

曉曉回答：「不會呀！妳準備國考很累，如果這時候能多交一點異性朋友也不錯，一定會慢慢有適合的人出現！」

「唉！忘記跟妳說，我不考國考了。我打算再去時尚產業找工作，因爲那是我的興趣所在。比起做一輩子的公務員，我真的還是比較喜歡有趣的工作。」

芷曦受到方才曉曉的堅定宣言鼓舞，才終於第一次說出自己內心的新決定。

原本以爲曉曉會用驚訝或者質疑的語氣回應自己，但她先是愣了一下，隨後露齒明亮地笑了起來。

「欸！我覺得妳真的很適合時尚產業耶！」

「真……真的嗎？」

「對呀！妳穿得很簡單卻很好看，很像好萊塢明星街拍裡的樣子。」曉曉真心地讚揚道：「而且我記得妳常在臉書上轉貼一些外文的時尚雜誌或部落格連結，還加上自己的意見，感覺妳真的滿懂的。」

芷曦心花怒放，隨口謙虛道。「哎唷！我那不專業啦！騙騙外行人而已。」話一出口就後悔了，畢竟曉曉是真誠地誇獎自己，反被說成外行人，芷曦真覺得自己的嘴巴有夠笨。

曉曉的表情倒是沒什麼被激怒的模樣，僅是笑了一下，恰巧此時餐點來了，芷曦默默感謝這位服務生救援了此刻的氣氛。

「哦！聞起來好香！」曉曉讚美著。

服務生一一收起前菜的盤子，添完水，擺好餐具才離去。

面對桌上香氣四溢的燉飯，曉曉動起刀叉。「所以，妳有開始看人力銀行的網頁了嗎？」

「嗯……我是想好好先跟我爸媽溝通，再看他們有沒有認識的就職地點可以介紹。」

曉曉皺起眉頭，心想都二十幾歲的人了，還要爸媽介紹工作？

「我覺得妳要不要先自己慢慢找，畢竟爸媽介紹的不一定是最適合妳的。而且，前提是，他們願意接受妳不考國考的事實。」曉曉說得委婉，因爲她真覺得公務員與教授出身的長輩不可能太懂時尚產業。何況既然這是芷曦自己的興趣，一步一腳印去找工作也沒有不妥。

但曉曉抬眼一看，芷曦不曉得是沒聽進去，還是正在思考，她的雙眸放空，餐具也擺在一旁沒動過。

就在曉曉疑惑時，芷曦緩緩開口道。「其實……抱歉，這好像就是我的思考模式。」

「嗯？」

「我總像還沒準備好長大一樣，可能因爲是獨生女的關係，跟爸媽從小就親，他們依賴我，我也依賴他們。之前遇到事情時，總是爸媽幫我解決。我當然也有出去找了幾次工作，也都做了一陣子，但跟同事相處上總是不太好，不然就是競爭很激烈、無法通過試用期，我也想過，是不是我的問題……」

「是嗎？」曉曉疑惑地問。「妳覺得自己有什麼問題呢？」

「應該說很容易跟人起衝突吧……也許講話上會容易讓人不開心。」

其實曉曉大概猜到，芷曦是個自視甚高的女生，但有自信並沒有什麼不對，只要氣燄別太大，或者給人目中無人的感覺，相處上應該不至於有什麼大問題。

曉曉也盡量和緩地給予芷曦自己的意見。她發現芷曦睜著大眼睛，比往常都要認真地聆聽。

「還有……最近妳發生了什麼事嗎？如果妳忽然對未來有一些想法，不安是正常的，我剛決定要搬回家時也有類似的感覺。不過一想到馬上就能迎接下一階段的新改變，自己也很開心喔！畢竟，人生總不能停滯不前吧！」曉曉和煦地微笑道。

「對啊！」芷曦緩了口氣。「我也不想回到心不甘情不願考的國考日子，我這種隨便的態度，對那些每天都像戰鬥一樣的全職考生應該很失禮吧！畢竟我的確太小看國考了！不瞞妳說，這兩天我好像又不小心吹噓了一下自己在國外念大學的事情，我念的是企業管理，但也不可能有個企業從天而降，讓我管理啊！」芷曦自嘲道：「不過，跟對方吵過之後，我也想到，當初明明有踏進幾個自己喜歡的時尚職場，但我卻來不及發揮所長。一開始我只是想，我還是個實習的、還在試用期，只能打雜，哪裡能發揮什麼在美國大學學到的東西啊？」

芷曦的表情充滿不屑，曉曉靜靜地喝著茶聽著。

「不過，仔細一想，我好像真的也沒表現得特別出色……再加上跟其他人處不好，就這麼莫名其妙地黑掉了……」芷曦無奈地嘆息。

「沒關係，認清現實很好啊！」曉曉回答。「我剛從上個工作解脫、身體也養好後，也自以爲能成爲每個月三、五萬入帳的插畫家。但事實上我的確沒有發展出一套自己的特色，又不會在臉書上跟風，也沒有毅力完成一整個系列的作品，自然也不會有人記得我。雖然我老是認爲自己實力不錯、作品不差，也很勤奮地投履歷。但這年頭會用到插畫的，都已經有固定合作的人了，如果我沒辦法比他們更好，那對方自然也沒道理要找我合作了。」

曉曉雖然是在批評過去的自己，但神態卻顯得自然大方，彷彿已經從上個懷才不遇的關卡畢業了，讓芷曦十分敬佩。

「妳真的很棒了！」

「沒有啦！」曉曉說：「先前，我對自己的要求真的不夠，而且當我每個月只能困在不舒適的小房間，忍受種種不便，又把自己的生活圈刻意縮得這麼小……當然快樂不起來，雖然感覺好像整天都在家，工作效率也好不到哪去。」

「妳真是厲害……好會剖析自己。」芷曦衷心地讚美道。

「哈，因爲我每週都會寫心情週記。在自己的週記裡，不需要刻意美化自己，不快樂就是不快樂，失敗就是失敗，沒什麼好可恥的，只有正視這些問題、找出原因，人才會進步啊！」曉曉微笑。「照顧好身體已經很難，但維持心理健康卻是更難的！」

芷曦也覺得，這個充滿社群媒體的透明時代裡，在朋友面前維持「快樂」、「漂亮」、「充實」的形象，似乎變得比往常重要。有時即使生活中一點好事也沒有，卻也要擠點美化形象的圖文出來，只為了讓自己不要輸給他人。殊不知，其實她與曉曉的身邊都充滿了一群不夠快樂的年輕人，有時認不清現實，總幻想一步登天，有時則是比較心態作祟，反而鬱鬱寡歡。

望著臉書上總是開心陽光的曉曉，芷曦這才覺得自己第一次真正認識了她。當曉曉在她面前道出許多私密的事情，包含了困境、希望與決定，讓芷曦真心地支持她，也替總是逃避現實的自己加油。

「謝謝妳今天陪我出來。」芷曦原本邀曉曉只是想吐吐苦水，順便從難以喘息的家中逃離，但沒料到卻得到這麼多的深層啓發。

而曉曉身上迸射出的清新靈光，更讓芷曦深深羨慕。

「希望我幾個月後，也能跟曉曉一樣，知道自己要什麼，並努力爭取！」

10. 最大的奢侈品

這個週末，小邵陪女友妮可去逛了兩間樣品屋。其實他事前完全不知道女友有這項安排。起初，小邵只是在妮可的要求下，約了他昔日的另一位女同學「檸檬」，以及她男友一起吃飯。

檸檬是個外表稍微成熟的善良女孩，雖然才年過二十八，但已經有「幸福胖」的體態，甚至給人一種年輕媽媽的感覺。檸檬的男友則是身高比她矮小的「哈比男」，但這對情侶倒也甜蜜登對，開口閉口都在談婚嫁之事。

「那你們呢？」檸檬問妮可，眼光飄向小邵。「準備結婚了嗎？」

「哦！就看他囉！」妮可甜甜地望向小邵，他倍感壓力地喝了口茶飲。

「等到事業上軌道，才有能力給她和我們未來的孩子更穩定的環境。」小邵微笑，也順口再度解釋給妮可聽。

「現在就很好啦！有多不穩定？」妮可甜蜜地傾身依靠著小邵，拍了拍他的手臂。「講得好像公司隨時都會倒一樣。」

因爲跟小邵是老朋友了，檸檬並沒有什麼顧忌，也幫著妮可勸婚。

「是啊！要結就快！女人的青春很寶貴耶！」

難道結婚之後，女生的青春才算沒白費嗎？小邵認爲這種邏輯十分奇怪，但他不想在眾人面前與女友「溝通」，只能忍氣吞聲。反正過去兩年間，這樣的劇情早已多次上演，他只要臉皮厚一點就能撐過。

飯局快結束前，檸檬提到等等自己要和男友去看兩處樣品屋，妮可立刻眼睛發亮地表示想跟。

「乾脆一起去吧！我們有什麼理由不能去呢？」她轉頭望著小邵。

「好啊……反正週末台北到處都是人，也不知道要去哪裡。」小邵消極地說，自覺像是被趕上架的鴨子。

小邵原本以爲檸檬與她男友要看的房子在新店或內湖，想不到他們竟然直接驅車前往桃園。

「桃園的房子說便宜也還好。但現在真的沒什麼人敢在台北買房子了，基隆太潮濕，下雨還要通勤又更麻煩，相對地，桃園就方便多了，充滿綠意、VIEW又好！車子一上交流道，新北市也一下子就到囉！」檸檬回過頭，對著後座的妮可與小邵專業地分析道。

檸檬的男友倒是安安靜靜地微笑著專心開車，小邵算了一下時間，這才驚覺他們只花了不到半小時，就抵達目的地。

樣品屋的名字取得夢幻又有禪風，裡頭裝潢得舒適豪華，冷氣強烈放送。就連桌上的塑膠水果，看起來都是這麼對味。

「我們是走峇里島風格，深色木造的裝潢很耐看吧？格局方正、天花板又高，非常抒壓，配上無印式的原木家具就很搭了，現在邊間採光最好，優惠只剩下最後兩組了。」售屋小姐和經理說得口沫橫飛。

小邵抬頭望著客廳上方的天窗設計，挑高的天花板的確讓人置身度假勝地般。如果累了一天回到這樣的家，廚房裡有女友妮可燒著菜的身影，的確讓人心曠神怡。

聞到了特有的精油香氣，小邵不自覺地心醉起來。妮可也雙眸發光，足足把樣品屋上上下下走了四、五遍，愛不釋手地摸著DM。

「可是，一般的成屋不是沒包含裝潢嗎？木造裝飾牆和天井這些到時都有嗎？」檸檬不愧是看了十間以上的看屋達人，句句犀利。「頭期款需要自備多少？你說邊間有優惠，但同樣跟你們打對台的『海印小築』，頭期款自備額又比你們少了二十萬耶！」

一提到錢，小邵就驚醒了，這棟四層樓地坪二十坪的建築，雖有室內雙停車位和小花園，但要價上千萬，日後又必須每個月繳出六千元的管理費，可以說是長期的開銷。再說，已經是十月初了，樣品屋卻放著如此強的冷氣，也讓人替建商的設計、建材選擇、通風能力感到質疑。

「我怎麼覺得有點熱？而且已經秋天了，冷氣還得開這麼強啊？」小邵直接發問。

「那是因爲地點的關係啦！我們樣品屋和預定地的位置，風向完全不同，到時候你們的新居都是坐北朝南，一定冬暖夏涼的！」經理自然有一套說詞。

檸檬的男友從頭到尾靜悄悄的，不知道是個性文靜，還是有些疲累，小邵便找他搭話。

「我看檸檬已經看出不少心得了，你假日一定都常常陪她看房子喔？」

「是啊！中古屋、鬼屋，樣品屋都看了，從雙北看到這裡來，有些地方還重複去了好幾次……檸檬她啊！假日最大的休閒娛樂就是看房子。」男友呵呵笑道。

「天啊！這麼喜歡看房子啊？」小邵大驚。

「女孩子嘛！總想要買個夢想才安心。這些裝潢設計看久了，自然也會有心得，說不定以後真能派上用場。視覺上也舒服，吹吹冷氣也不錯。」男友寵溺地微笑，像是打從心底百分百支持檸檬的決定，小邵真覺得自己相形見絀。

「那你們……有談好自備款的問題嗎？」小邵戰戰兢兢地問。

「嗯！目前已經有準備四百萬了，我們婚後會各拿一百萬出來，加上雙方的家長也會再贊助一百萬，其餘的就先貸款囉！」檸檬的男友仍是掛著雲淡風輕的微笑。

看著另一頭仍在跟建商不斷斡旋的幹練檸檬，小邵真覺得這對準夫妻果然絕配。

自己跟他們相較之下，大概就是所謂的「魯蛇」吧？英文LOSER的台灣式網路暱稱。

光是前年買了台二手車，小邵就覺得財力吃緊到不行，未來五年的預算已全投入公司，也沒辦法立刻回收。小邵望向妮可，她站在檸檬身旁想參與討論，又因暫時沒有買房計畫，而只能默默地聽……

「不用說房子了，現在娶妮可，也只會讓她吃苦吧……」小邵不敢再想下去了。

檸檬與建商相談甚歡，小邵原本以爲她買這間房子的可能性接近百分之百了。但一出樣品屋之後，檸檬卻又叫男友驅車前往另一處樣品屋。

「我們去看『風情藝觀』吧！反正離這裡只有兩公里。」拿著平板電腦的檸檬，熟練地給駕駛座的男友指路。小邵原本已經不想再看了，但因爲自己沒開車下來，也只能和妮可繼續追隨他們的看屋腳步，晚點再一起回台北。

這處樣品屋價格稍貴，但地坪也比較大，地段鄰近鬧區與學區，一踏進樣品屋內，裡頭同時有好幾對情侶在看屋，其中也有中年夫妻陪著女兒一起前來。

「現在敢買房子的人，真的還是很多啊……」小邵無奈地望著女友妮可跟著檸檬開開心心地躍上前，與房仲攀談的模樣。

他一個人慢慢落在後頭走，偶爾對著展示桌上的社區小模型發呆。前方，傳來妮可與檸檬鶯聲燕語的驚嘆聲。

「女人真的是受氣氛影響的生物啊……希望離開這裡之後，妮可能趕快醒過來。」小邵默默地想。他不是故意限制自己買房的可能性，只是目前手邊能動用的資金真的不允許。妮可家也是小康家庭，父母都是老實人，從不去碰投資理財的事，頂多買買儲蓄型保險。因此能給她的嫁妝很一般，就是購置新家具，或者做小額裝潢的三、五十萬。妮可自己是學校的老師，平日省吃儉用，雖已存了一百多萬，但那是之後的育兒基金，真的不該胡亂動用在購屋上。

「就算可以動用，拿老婆那裡的錢也很奇怪啊！」小邵一身冷汗，搔了搔頭。

好不容易結束看房，小邵的手機傳來阿睦與另一位同事鮪魚的公事訊息。

小邵問過妮可之後，實在也不想讓大夥兒假日又驅車到公司，便提議：「不然你們今晚都來我家開會吧！」

經過忙碌又充滿自卑感的一下午，小邵一回租屋處就衝去洗了個冷水澡，妮可也回房稍作休息。晚間七點小邵剛從外頭拿完外賣的菜飯，阿睦與鮪魚就準時抵達。

難得的假日，因爲不想再化妝，與小邵的同事們也很熟識了，妮可就大方地戴著粗框眼睛，笑瞇瞇地以素顏來迎接對方。

阿睦拿著一瓶未開封的橄欖油當作伴手禮遞給妮可。「聽說你們去看房子呀？有看到喜歡的嗎？」

「喜歡也沒用！沒錢買啊！」妮可哈哈一笑。

阿睦自覺說錯話，連忙看向鮪魚尋求救援。

「哎呀！現在誰有錢買房子？那都是有錢人的休閒嗜好啦！爸媽炒房、炒地皮，小孩繼續跟爸媽伸手拿那些炒來的錢，當然就有錢再買自己的房子囉！」鮪魚刻意酸道。

小邵默不作聲，深怕戰火延燒到自己身上，但他看得出妮可並不是很開心，悶著頭坐在桌邊，替兩位訪客夾菜。

「來，大家先吃飽再來開會吧！」小邵勉強接話道。

「謝謝董事長！」阿睦微笑答應。

「哎唷！什麼老氣的叫法，真是神經病。」小邵擺擺手。

不過，他倒是挺感謝兩位兄弟今天順道過來，畢竟聽了一整天的「買一間自己的房子有多好」之後，也該平衡一下「眾家觀點」，讓妮可認清現實。

鮪魚率先開口道：「其實，我女友最近才要我『千萬別再看房子』，她說我們真的就是眼高手低，只能看爽的，那房子一買下去就是往後二、三十年的負債啊！一想到未來我們每個月都必須生出八萬元……哇！想到我都沒胃口了。」

「八萬？這數字怎麼來的？」妮可很驚訝。

「這是指在台北揹房貸、養父母的孝親費、養孩子、養車、生活費、保險、稅金等等的加總「基本價」，其實只要沒靠父母拿錢買房，小倆口總共一個月得至少賺八萬才不會餓死呢！這還不包含儲蓄唷！因爲每個月房貸就兩萬多了嘛！如果又要儲蓄，那雙薪家族的最低收入，可能得再往上拉了。」鮪魚掐指分析道。

「所以，我女友說，人生苦短，光是現在租屋就過得苦哈哈，快存不了什麼錢了，又不知道往後養老、育兒的種種狀況，一次就讓自己負債上千萬，實在太蠢了！」

鮪魚的話極具渲染力，小邵與阿睦都聽得頻頻點頭。

「那不買房，要住哪？一輩子租房子嗎？」妮可搖了搖頭。

「跟爸媽一起住其實最省，若媳婦不願意，那就另租房子囉！台灣人好像覺得租房子很可怕，其實這種『有土斯有財』的觀念已經跟不上時代變遷了！反觀人家德國、法國、瑞士，一輩子租房的人也很多啊！他們都是很有生活水準的國家對吧？人家照樣把房子弄得漂漂亮亮的，住得開心就好。」鮪魚微笑舉例道：「去年，我去蘇黎世參加一個研討會，認識了幾位已經成家立業的朋友，他們也都是租屋族，房子真的是美到誇張。你想想看，真的要享受美麗環境，就每個月多花個五千元去拉高租房預算，也比直接拿一千萬砸自己的腳好太多囉！」

小邵聽了頻頻點頭，輕輕握住妮可的手。「真的，以後我薪水升級，我們也可以租好一點的地方，照樣讓妳住豪宅。」

妮可乾笑了一下，看得出心情仍舊不悅，但小邵知道鮪魚方才的那番言論也多少打動了她。

「華人社會啊!就是覺得有土斯有財，一定要買地買房子，買到台灣社會結構變得這麼奇怪。我們不去監督政策，反而整天在捏著褲袋嫌自己賺不夠、存不夠，真的太可悲了!」阿睦悲憤地感嘆道:「看看那些有房階級，若不是靠爸、靠媽、靠另一半、靠投資錢滾錢，哪個人不是負債啊?說好聽點叫『貸款』，實際上每個月都要還錢，若是還不出來，豪宅只住了三、五年就搬出去的，也是大有人在啊!」

「如果往後又有爸媽要養、小孩要顧，那真的要審慎考慮負債的問題。」小邵也做了個結論。

用過餐，小邵與妮可先進廚房收拾餐具，他拍了拍她的肩。

「今天很累了吧?妳晚點不是還要回家?要去搭車了嗎?還是要在這裡過夜?」

妮可慢了兩、三秒才回答，依照這種情況來看，她真的生氣了。

「你是不是故意把同事帶來，好聲援你不願買房子的想法呀?」

「我……沒有啊！」小邵照實回答。「是他們說今晚想開個會，晚上大家都累了，不想再去擠餐廳，就把他們叫來家裡吃飯聊天，比較隨意嘛！」

「你們都是一群搞創業的男人，明明自己也愛投資，卻故意酸那些認真想買房的人炒地皮。」

「我們投資的是事業呀！辦公室那些都要錢的！」小邵連忙柔聲凝視著妮可，將她的肩膀輕輕轉向自己。「當然，我們也是在不改變現有生活條件的狀況下，量力而為，所以妳不需要太擔心啦！只要三、五年，成本一定能回收的。」

「『三、五年』、『三、五年』！你三、五年前就在跟我說『三、五年』！講到現在還是一套說詞！」妮可激動地哭叫起來，小邵嚇傻了，完全不知道妮可此刻氣的是什麼，氣他不求婚？不買房？還是氣他找朋友來說服她？

「我……我的意思是說，回收資金需要三、五年，我們之間，當然不需要等這麼久啊！」小邵認真地望著妮可的眼睛。「好，反正辦公室也順利開工了，妳如果願意嫁給我這個資金還有待回收的租屋族，我們隨時都可以結婚，這樣好不好？」

小邵真誠地將主導權交了出去，妮可卻狐疑地瞅了他一眼，雙手抱胸退到廚房一角。

她低頭沉思的冷漠模樣，讓小邵十分著急。

「抱歉，我要急著趕車，先走了。」妮可帶著笑容走到客廳，對一臉尷尬的同事們點了個頭，拎起包包掩門離開。

小邵仍愣著頭站在廚房門口，與同事們視線交會。「她怎麼會這樣？我剛剛說錯什麼了？」

「快去追！先去追啦！」阿睦連忙替小邵開門，鮪魚也猛地將他推出門。

「女孩子難過，先哄就對了，她萬一又氣你沒追來，怎麼辦！」

「哦哦哦哦！」小邵這才後知後覺地追了出去，隱約聽到公寓走廊間傳來他慌張的腳步聲。

其實，鮪魚與阿睦都有聽到小倆口方才在廚房裡吵些什麼，只是不便干涉，只能在一旁乾著急。

「唉！他們都交往這麼久了，怎麼會忽然這樣呢？」阿睦非常不解。

「錢啊……」鮪魚走進廚房，替小邵收拾著餘下的碗盤。「錢，真的會逼走人。」

「我還是不覺得跟錢有關係。」阿睦搖了搖頭。「妮可應該只是氣小邵不買房，也不提結婚吧！結果現在他一急終於提了，妮可卻生氣了。」

雖然方才發表了一套「理性女友」的說詞，好勸妮可不買房，但其實鮪魚沒提的是，先前他與女友溝通不買房的事情時，雖然雙方口徑一致。但女方家長卻臭罵他「沒擔當」、「嫁不得」，害得當時女友常常半夜哭哭啼啼。

緣份就是這樣，耐磨的就留得住。相反地，要是情盡，也就緣滅了。

「看來最大的奢侈品，不是房子，而是對未來的一種承諾啊！」鮪魚感嘆道。

11. 夢碎的聲響

秋意漸濃，曉曉回到老家新竹之後，跟爸媽與妹妹四人一起生活。每天吃著美味的家常菜，一起看電視聊天，也不像學生時期老是背負著課業壓力，隨時準備回房讀書，她的心態彷彿回到小時候，整個輕盈不少。

只是，現在家人的事也成了她的事，因爲選擇在家工作的關係，平日的任何電話、宅急便都需要她衝出書房接應，下樓休息時也不免要動手幫爸媽打理家事。前兩週她完全不能適應，工作時間和效率都嚴重受到壓縮。

從小家裡就不鎖房門，維持通風環境與友善氣氛，因此曉曉必須再度習慣爸媽隨時進門的善意舉動。無論是「曉曉，我這裡有篇文章不錯，妳看看」或者「曉曉來吃水果」，還是「晚飯想吃什麼」，面對這樣的好意詢問，被屢屢打斷工作節奏的曉曉也無法生氣。

最大的安慰，就是經濟壓力獲得極大的紓解。每天吃住都在家裡，的確替曉曉省下許多錢。平常媽媽也十分疼她，外出時連個洗面乳都會順道帶一條給曉曉。但曉曉實在不好意思把自己所需的保養品、化妝品、保健食品全開成清單給媽媽採買，仍用自己微薄的儲蓄支付。

所幸，她與先前的出版社合作也步入軌道，雖然每週仍要去開那個不知所云的會議，但出版社簽約後就先支付了一半的繪製費用，也讓曉曉的經濟壓力忽然減輕。雖然出版社已經在第三次會議之後，就停止支付每次的車馬費，讓曉曉的作家朋友草兒又開始怨聲載道。

「沒關係……至少不用再過著每週只花一千塊的生活了……」這天，曉曉也照常去台北開會。

即使會議上大多是其他作家在討論作品、規劃書系提案，但曉曉一想到每次開會完，就能與交往中的亞京學長進行「宵夜之約」，心情也甜蜜輕鬆了起來。

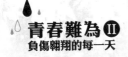

「雖然往往都會聚到晚上十一點，但搭客運回家很方便，只是下車後要騎一段夜路，也沒什麼不好的。」曉曉心想著，邊檢查著LINE訊息。

有時他們約在充滿文藝況味的簡樸咖啡廳，有時他們約在夜市，重溫兩人首次約會的甜蜜回憶。曉曉非常喜歡邊拿著美食邊逛，指著衣服、鞋子，請亞京幫她挑選的感覺。

不過，今天早上過後，曉曉就沒有再跟亞京確定行程了。

「我今天也會上台北開會，之後要見面嗎？」當時曉曉這麼問。

「好的！」亞京立刻回答。但當曉曉問他要約在哪裡時，亞京卻顯示已讀不回，一直到晚間九點半都沒有回應。

「奇怪，這樣應該算沒約成吧？他出了什麼事嗎？還是忽然有工作要忙呢？」曉曉在出版會議上顯得心不在焉。

「接下來的這個書系，希望宣傳風格上比較鄉村風一點，主打女高中生，也許還可以附贈插畫小筆記本……」主編報告著，幾位年輕作家望向曉曉，用鼓勵的眼神暗示她可以毛遂自薦，但曉曉只是低頭看著手機。

交往兩個多月，曉曉還沒有去過亞京租屋處，先前只交換過雙方的地址，以備不時之需。

曉曉心想自己究竟是要直接去亞京家拜訪，還是先回家，之後再聯絡？

「搞不好他是真的不方便，也不在家裡……」結束會議之後，曉曉心想總算解脫了，忙著收拾東西離開，一面走向捷運站，一面撥打電話。

亞京的手機轉進語音信箱，看來今晚真的約不成了。難得上來一趟，沒見到亞京總覺得很可惜，再加上有些擔憂，曉曉決定碰碰運氣。

「十一巷三十弄……」拿著手機查看先前亞京給的地址，曉曉走得滿頭大汗，終於在一處公寓靜巷前停住腳步。亞京住的大樓外觀看起來非常老舊，不過外頭擺滿了機車，門旁有兩個女大生在說話，看來是個學生公寓。

「亞京也很省錢啊……跟我先前一樣。」畢竟正是要打拚的年紀，租哪裡都無所謂，曉曉現在只擔心亞京不出來應門。

「不知道發生什麼事了……是手機關機了嗎？還是打不通耶！」曉曉直接按了門鈴。

等了將近五分鐘，曉曉按了幾次門鈴，大門總算開了，裡頭一片漆黑。

此時，門旁一盞鵝黃色的小燈亮起。

「有什麼事嗎？」亞京頂著一頭亂髮，瞇著眼往外看，這才認清來者是自己的女友。

「曉曉！抱歉……我一定是睡死了……從醫院回來之後一直頭痛耳鳴，想說躺一下，沒想到睡到現在……都幾點了啊？」亞京這才打開手機。「真的很對不起！」

「沒關係，你還好吧？剛剛去醫院了？」看到亞京狼狽又疲倦的模樣，曉曉滿是心疼。

「等等再說吧！不要緊的。」亞京套上長褲，開了大燈，又走到廚房沖了一杯紅茶給曉曉。在明亮燈光的烘托下，看得出亞京的房間是沉穩的藍色調，三面白牆配上一面刷成星空色的藍牆。牆上貼著復古海報，書架上以幾本電影雜誌、DVD與黑膠唱片作成重點裝飾，塑膠木紋地板上鋪著黑白條紋地毯，整個空間散發出一股陽剛又不失溫馨的感覺。

「你房間很漂亮耶！」曉曉接過亞京準備的紅茶，微笑道。

「抱歉，我剛剛一開機，妳的訊息和未接通知才一下子跳出來。」亞京仍為自己睡著的事情不斷道歉。

「不會啦！倒是你剛剛說去醫院……怎麼了嗎？」

亞京的臉色陰沉了起來，肩線緩緩往下垂。「嗯！今天……發生了一點事。」

這幾週，亞京已經代表工作室正式參加李導演電影的拍攝工作。原本合作狀況都十分順遂，大夥兒雖趕著拍外景，卻氣氛融洽、效率極佳。

然而，今天在山區拍攝一場爆破戲時，一處假炸彈沒依照工作人員預定的時間引爆。

不偏不倚，被固定在佈景高處的炸彈，忽然就在亞京頭頂上空轟然爆炸！

因爲來不及戴上工作耳機保護，亞京的雙耳受到巨響一震，立刻耳鳴。一開始以爲還好，但沒想到耳鳴的狀況竟持續十分鐘，亞京強忍著拍完接下來兩場戲，沒想到卻頭暈目眩。

試著站起時，亞京卻猛然失去重心跌倒在地，工作室的器材也摔壞了。

劇組當然立刻將他送醫，這才檢查出亞京有耳咽管開放症，耳咽管一受刺激就會觸發極度嚴重耳鳴的現象。周遭的一切噪音都在耳內環繞迴盪，各種音色攪在一塊，只能聽見轟然噪音，對於病患身心都是極大的折磨。

「因爲急診室病床不夠，我這種症狀住院也不會改善，手腳的擦傷上藥之後，我就自行回家休息了。但我耳鳴得連機車都沒辦法騎，只好搭計程車回家。連車上的廣播都像刀子一樣刺著我的耳膜……實在撐不住，就請運將幫忙關掉廣播，維持安靜。沒想到一路上的車陣喇叭聲，也讓我痛苦得要命。」

「唉……」曉曉慌忙追問：「醫生有說這種病要怎麼控制住嗎？」

「聽說只有徹底的休息才能控制，而且就算控制住，也無法保證永遠不復發。最後，就是要盡量避免密集地使用耳朵工作……」亞京的眼眶湧出淚水。

曉曉上前，心疼地摟住他。

「我現在沒辦法工作了……」亞京失魂落魄，喃喃地說。

曉曉拉住亞京的手。「先不要想以後的事情……你現在耳朵舒服點了嗎？」

「我剛回家時，聽到手機的簡訊振動聲都還是一直感到噁心、耳鳴，所以只好暫時將手機關機。」亞京嘆了口氣。「不過，睡了一覺，至少現在能正常跟妳說話了。」

「那就好……」曉曉輕輕地撥去亞京瀏海下的汗水。

「不，我沒辦法接受。」亞京抹去悲慟的眼淚。「好不容易撐到現在，真心喜歡這個工作，喜歡著用各種聲音說故事，沒想到耳朵竟然出了這麼大的問題……那我還剩下什麼？我想入圍金鐘的夢想都還沒有實現呢……爲什麼會這樣，爲什麼我會這麼倒楣……」

曉曉比誰都知道，亞京視工作如第一生命，長期以來他忍受著工作室的種種不如意，專注地朝自己的目標前進。在眾人都紛紛放棄夢想的這個歲數，亞京卻緊緊抓著希望不放。偏偏，意外卻降臨在他這樣的人身上……

曉曉的眼淚也潰堤了，兩人安靜了一會兒，彼此相擁。

直到亞京遞了張面紙給曉曉，嘆了口氣，起身喝水。

「我記得……」曉曉喃喃地說：「日本歌手中島美嘉也因爲同一種病症休息了一陣子，但她後來還有繼續歌唱。」

她原本想用這個例子來鼓勵亞京，但看到他只是變得更加煩躁，曉曉實在說不下去了。

「沒關係，我會沒事的，哈哈，至少我手腳健全，也沒有失憶或者罹患什麼更難纏的病。」亞京沮喪地乾笑，也試著說服自己。「很晚了，我送妳去轉運站吧！今天妳來找我，已經給我很大的安慰了。」

「沒關係，我自己回去啦！你繼續休息。」

「拜託不要再叫我休息了，我剛剛睡了六個小時，再睡下去真會覺得自己是個可悲的病人啊！」亞京感謝地在曉曉頰上親了一下，堅持騎車送她回轉運站。

回新竹的路上，以往總會呼呼大睡的曉曉，卻一刻都未闔眼。她望著客運車窗外的夜景發呆，心想著如果是自己，有天被告知不能再畫畫了，那該怎麼辦？

曉曉實在沒有答案。然而，或許是因爲太瞭解夢想的可貴了，她心底的角落，竟有些慶幸今天遭遇到這種事的人，不是她。

回到新竹的家時，爸媽正在吃著妹妹買回來的雞排，一家人群聚在樓下看動作片「空中監獄」，因爲已經是看過許多次的老電影了，全家人便一面吐槽劇中的反派角色，一面閒聊。

曉曉也將今天發生的事情全盤托出。

「嗯……遇到這樣的狀況，只能每天多花點心思開導他了。」曉曉的爸爸將啤酒罐放到一旁，認真地回答：「男人啊！失去工作已經很痛，要是失去的還是自己最喜歡的工作，那真的會覺得人生的意義都被剝奪了啊！」

「唉……真可憐，好端端的一個年輕人，事業正要起步，怎麼會遇到這種事呢？」妹妹也替亞京感到難過。

曉曉媽也發表意見道：「不過，會罹患這種病的原因，主要也是作息不夠正常吧？我記得我懷胎十月時，正是工作最累的時候，挺個大肚子度過整個炎熱的夏天，晚上也不像現在這樣有冷氣，每天翻來覆去都睡不好……當時我也天天耳鳴、眩暈呢！」

「對啊！妳叫亞京吃點營養品試試看！搞不好他身體長期勞損，缺乏了什麼營養才會這樣。」妹妹又提醒道。

曉曉連忙拿筆一一寫下，又順便查了查網路資訊做確認。

「其實我愛聽的老搖滾樂團裡面，也有很多鼓手聽力已經出現問題了，好像算是職業傷害吧！」爸爸努力捧著腦袋回想道。「曉曉，妳可以去查查他們的生平、訪問，看看人家面對疾病的心路歷程，或許能稍微幫上亞京一點忙。」

「好的！我想這種病休息一陣子就會痊癒的。」曉曉樂天地說：「只是擔心亞京的公司，不會為他保留職務這麼久。」

「怎麼會?如果因為他生病就把他踢走，那說不過去！」媽媽激動地說：「在職場因為其他員工的疏失不慎受傷，公司不用負責嗎?應該也能請工傷保險吧?希望他們公司能好好處理。」

曉曉心想，亞京自己說過這個病可能是日積月累，經過觸發才造成，並不單單是因為一次爆炸就瞬間罹患耳咽管開放症。但這也只能放在心底，不好意思說出來潑媽媽冷水。

此時，曉媽轉頭望向曉爸，眼睛一亮地提議道：「不如請亞京來我們家吃個飯吧?他老家在高雄，平常也無法常常回去吧!這種時候需要家人的支持！」

「好啊！」曉爸也贊成。「我終於可以趁機看看我女兒的男朋友了。」

曉曉覺得兩老的互動既溫馨又好笑，不禁感嘆道：「好啦!謝謝你們啦!我會再邀請他！」

「一定要把人帶來喔！」妹妹在一旁施壓道。

「嗯!我有你們這種家人真好！」曉曉喜孜孜地微笑。

「怎麼講得好像現在才發現一樣！」曉爸嘟嘴抗議道。

和樂融融的平日夜晚，大家像一群青少年般聊到一、兩點才睡，曉曉深深感激上天賜給她這樣一個家庭。

在自己失去工作、失去健康之後，才體會到有「家」這個無形的情感資產，是多麼幸福的事情。

回房後，曉曉熄了燈，帶著疲憊而感恩的心情上床。

12.意外的禮物

曉曉跟出版社又簽了另一本書約，一樣由該社旗下的教授作家執筆，短短二、三十頁的繪本草稿，卻更改了無數次，偶爾還會遇到人物設定重畫的傻眼過程。

「新改的東西，好了嗎？」新來的編輯常常搞不清狀況，用指責的語氣發LINE催稿，長期下來，曉曉氣得很想已讀不回。

「不好意思，老師昨晚又叫我改小咪的造型，因此還需要幾小時的作業時間。」曉曉回訊完，苦惱地想。「唉……希望下次跟出版社合作時，能遇到阿莎力的天使編輯，連跟自己的作家溝通都不會，只會一直找我要稿，改來改去的，哪有這麼快……」曉曉感覺自己作畫的時間多是氣憤情緒居多。但一旦靜下心來，當曉曉凝視著自己角色的眼睛，仍會湧起一股慈母的心情，渴望將筆下的故事孩子畫到盡善盡美。

總編偶爾也會在開會時提到，未來將怎麼出版規劃曉曉參與的書系，讓曉曉對未來稍微有些想像基礎，多少還是能挑起她的戰鬥欲望。

曉曉一手握住數位筆桿，一手壓在鍵盤的快捷鍵上，在繪圖板上又畫又描，雙眼盯著電腦螢幕上的純真小女孩圖稿。

「百褶裙太傳統，波浪裙襬似乎不錯，因爲是在叢林生活，原先的芭蕾舞鞋就捨棄，改畫小靴子吧！這樣看起來也比較有個性！」

就這樣日復一日地完成繁雜的工作，第二本書總算也交出彩稿了。曉曉覺得自己的工作精力已經耗盡，接下來的兩、三天都是早上八點起床，不到上午十一點又跑回去睡回籠覺了。

「哎呀！這樣真糟糕……真對不起那些朝九晚五的上班族……」曉曉深知作爲SOHO族的最大難關，就在於惰性。她給自己買了點B群，也加強運動習慣，沒有作畫的日子就上網瀏覽名家作品，或到書店逛逛，多做做功課。

「每週至少要在自己的作品集中新增一張圖稿，不然都沒有自己的作品。」

曉曉也試著自我鞭策，每天的生活看似平淡無奇，爸媽與妹妹都有自己的生活圈，往往家裡也只剩下曉曉一個人，她難免會花許多時間擔心亞京。

而亞京留職停薪兩週之後，聽力穩定許多，他打算下週一就回到每天戴耳機工作的生活，試試看自己能否繼續音效師的工作。

當然，先前準備進軍金鐘的那件大案子，早交給別人做了。亞京就算回到職場上，一時間也不可能有什麼燦爛的目標，頂多只能繼續做做綜藝節目的音效。

在煩悶的日子中，曉曉知道自己的每通電話、每封訊息，都是在給亞京打氣。而亞京到新竹家中作客的日子，終於要到來了。

「明天的車班都看好了嗎？我和我爸會開車去車站接你，大家都很期待你來喔！」

「好的！早上十一點到新竹，我也很期待見到妳家人呀！我期待兩、三星期了耶！」亞京爽直地回覆道。

曉曉收起手機，滿足地躺在床上，望著乾淨舒適的臥房發呆，牆壁是她大學畢業後爸爸重新粉漆的湖水綠牆面。從小用到大的漆皮書桌雖然破舊，前陣子也被她巧手改造成全白的乾淨鄉村風。還有一整面爸爸請木匠做的書櫃與衣櫃，收納方便，房間裡也充滿好聞的檜木香氛，不像在外租屋時總得忍受霉味和可怕的溼氣。

「還好我回家了，急流勇退果然是對的。一切都開始走運了。」天氣有些涼了，曉曉也將近日省下的錢拿去買了一組新床包，犒賞自己這幾個月趕稿的辛勞。粉橘色的條紋床單配上暖和的被褥，躺在裡頭可以說是最溫馨的享受。

「晚安，希望明天會是順利的一天……」迷迷糊糊地閉上雙眼，曉曉正想任思緒墜入混沌之中，卻猛然聽見窗外傳來一陣淒厲的叫聲。

「嗷嗷嗷！嗷嗷！」聽起來像是狗在哀號。曉曉不記得附近有什麼狗，心想也不關自己的事，閉眼試著努力入睡。

「嗷嗷嗷！嗷——」不料狗叫聲卻越來越淒厲，聽得讓人心驚。曉曉連忙從暖和的被窩中跳起，衝到窗邊往下看。

「臭狗！閃開！再叫我就打死你！」隱約聽到後巷鄰居的咆哮。

曉曉連忙披上大衣，快步下樓。

「妳也聽到啦？」妹妹從房間探頭。「感覺那隻狗快被打死了……是後巷的鄰居嗎？」

「不曉得，我去看看。」曉曉也不知道自己是怎麼搞的，心中湧起一股擔憂的熱血。妹妹看到她一個女孩子大半夜的要出門，連忙也披上外套跟了出去。

「咦！啊啊！」曉曉才踏出大門，就看到前庭的社區花園有個白影衝入。

「不要跑！」後頭跟著眼熟的鄰居大叔，過去只打過照面，連點頭都稱不上，看他如凶神惡煞般追著無辜又跑得顛簸的狗兒，曉曉連忙衝了出去。

「來！進來！」曉曉高聲叫著，一打開花園矮門，白狗立刻竄進她家的前庭矮樹下。

「怎麼了啊？」曉曉的妹妹沒看見白狗已經躲進來，高聲問著追入他們社區門口的鄰居大叔。

「這隻狗每次都來偷翻我們家的回收物，下次看到我一定打死牠！」

「牠是流浪狗嗎？」曉曉問。

「哪知道！從一星期前就鬼鬼祟祟來到這附近。」

「什麼鬼鬼祟祟……牠只是在找吃的吧？」曉曉的妹妹不以為然，低聲回答。

鄰居大叔找不到狗兒，氣沖沖地離去。曉曉這才想起，這位鄰居就是後巷在做資源回收的人，大量的回收物堆到車道，引起附近許多民怨。

「有必要追打狗嗎？只是一些紙箱而已……又不是什麼貴重的東西！那隻狗真倒楣。」妹妹替狗兒心疼。

「噓！」曉曉指著花圃樹影下的白狗。狗兒怯生生地露出鼻頭，搖尾乞憐。

「天啊！原來牠已經躲進來啦？好可憐喔！」妹妹蹲到狗兒身旁，曉曉也仔細打量狗兒，發現牠有土黃色的耳朵、米白的四腳，身體則是雪白色，立耳翹尾，是隻髒兮兮卻不失可愛的母狗。

「你們在外面做什麼？爸爸說妳們很吵喔！」曉媽打開客廳的燈，低聲問道。

「我們家來了一隻狗，鄰居又要打牠，可以借牠躲一下嗎？妳看，牠前腳都縮起來，搞不好被打傷了。」曉曉擔憂地解釋道，深怕曉媽不答應。

曉媽嫌棄地看了狗兒一眼。她整天看新聞，難免戒慎恐懼。「唉！不要亂撿人家的狗，小心吃官司！搞不好還有狂犬病！」

「哪有這麼容易得狂犬病！目前台灣不是只有鼬獾得到而已？」曉曉無奈地聳了聳肩，望向矮樹叢下驚魂未定的狗兒，深感心痛。「我們就給牠一點水和食物，搞不好牠只是迷路了，明天就會走了。」

「嗯！說得也是。」妹妹先把媽媽趕回床上休息，姐妹倆將冰箱吃剩的飯菜放在紙盤上端了出去，又留了一盆白開水給狗兒。

臨走前，曉曉又將花園的小矮門半掩，以便狗兒隨時想離開都能走。但這舉動，最後卻讓她徹夜失眠。

「糟糕，萬一那隻狗又笨得回去鄰居大叔那裡翻找食物，絕對又會被打的……如果跑到馬路上，凌晨我們家外頭的產業道路又一堆疾駛的大卡車……」

一面安慰著自己，狗兒不會這麼笨，曉曉卻又一面製造出更多的擔憂。

「算了，如果牠明天還在，我就送牠去洗澡，順便去醫院掃晶片，看看是不是有飼主的狗。」

做好決定之後，曉曉這才安心地睡去，此時已經是半夜四點了，曉曉迷迷糊糊地睡到七、八點，一醒來就下樓衝到花圃。

「哎唷！好可愛唷！咕嘰咕嘰——」曉媽已經在花園與狗兒玩了起來，狗兒不斷圍著曉媽轉圈，捲捲的白尾巴搖呀搖的，與昨晚戰戰兢兢的模樣截然不同。看著媽媽逗弄著狗兒的模樣，曉曉發現自己早已忘了媽媽臉上也曾有這種童真的笑容。

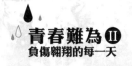

「長大之後，就沒看過媽媽用這種可愛的語氣說話了……以前她總是這麼逗我們的啊！」曉曉不覺一陣鼻酸。

曉媽回過頭。「哎唷！妳怎麼在這裡？不用擔心狗啦！妳爸爸說找到主人之前，我們先養著，以免牠亂跑又被人家打。」

「真的嗎？」曉曉感動得起了雞皮疙瘩。

「爸爸還說這種冷天養在外頭太可憐了，今天妳幫牠洗個澡，吹乾後就暫時養在客廳吧！好像晚上還有一波寒流要來耶！」

「好！好！」曉曉興奮得連聲答應，彷彿回到孩提時代獲得想要的玩具一樣。她自己都不曉得，原來可以養狗這件事能讓自己雀躍成這樣。整個人頓時神清氣爽，充滿力量。

曉曉連忙去吃早餐及化妝，差點把亞京要來的事情給忘了。

上午十一點，曉曉與爸爸趁著去接亞京的空檔，也載著狗兒去掃晶片、檢查被鄰居毆打的傷勢，無奈，牠身上沒有晶片，曉曉打算之後再上網貼出尋狗啓事。至於傷勢的部份，獸醫照了X光片，確定狗兒的左前腳有骨裂，需要打石膏一個月。

「妳會把牠放回街上嗎？如果會，其實沒有必要治療了。打石膏的狗兒必須要被保護起來好好休息，這一連串醫療行爲才有意義。」醫生大概見多了臨時放棄的救狗人，曉曉問了手術的費用，將近自己一個月的薪水。但看到狗兒無辜凝視自己的信任目光，她實在說不出「把狗丟回街上」這種話。

她抬起頭，毅然望向獸醫的眼睛。「醫生，請幫牠治療到底吧！也請您幫牠打晶片，登記我們家的地址。我等等要去接我男友，晚點就來帶狗！」

曉曉與爸爸驅車抵達車站時，穿著素色襯衫的亞京正巧朝自己招手。他的氣色比曉曉想像中好，看來的確有好好休養，曉曉著實安心了。

三人寒暄之後，返回醫院接狗。狗兒原本彎曲的前腳已經打上石膏，但因爲止痛藥的關係而顯得有些虛弱。

「哦哦！好可愛喔！」亞京摸著後座吐著舌頭喘氣的狗兒。「牠是柴犬耶！

白柴！是柴犬的一種喔！」

「什麼！『柴犬』？柴犬不是都黃色的嗎？」曉曉與爸爸十分吃驚，直到亞京馬上拿出手機搜尋白柴的相片，大家才驚奇地相信。

亞京除了與曉爸簡單談論自己目前的工作近況之外，一路上都在說著狗兒的事情。

「好乖，牙齒給哥哥看一下，哦！應該有點年紀了吧？沒關係唷！如果洗個澡一定更漂亮喔！」

曉曉沒看過亞京如此溫柔的模樣，在狗狗面前，亞京說話的語氣特別輕柔俏皮，低聲呢喃的模樣讓曉曉十分驚喜。

「亞京很愛護動物，這樣的男人很不錯，很可靠。」曉爸偷偷對曉曉說，她害羞地擺擺手。

「哎唷！還不曉得啦！」

「牠一定流浪很久了，妳看，腳底磨成這樣，又有年紀了，我想搞不好是私家繁殖場丟出來的，之後最好給牠結紮，保障牠晚年的健康。」亞京誠懇地細細分析道：「柴犬很顧家，而且白色柴犬很有靈氣，又比較稀有，我覺得跟妳的氣質也很搭。你們可以考慮養牠呀！」

「養牠嗎……」這是個攸關往後十多年的承諾，曉曉不曉得自己能否照顧眼前的這條狗兒一輩子。現在收入慢慢穩定了，再加上狗兒跟他們家也頗有緣份，曉曉的內心開始動搖了。

「再說吧！」曉曉對亞京微笑。

亞京在他們家用過愉快的午餐，談起自己目前的工作狀況。他從兩週前已經默默開始應徵工作，最近積極面試。希望以不需頻繁使用到聽力的錄音室庶務工作爲主，企劃、行銷、編劇與文稿撰寫也都在他就職的目標中。

「現在這間公司我應該待不久了，除了編輯音效以外的業務實在太少，我能做的真的不多，被趕走大概也是遲早的事。」語帶遺憾，表情也有些自卑，但亞京真誠務實的態度，反倒讓曉曉家人十分信任他。

「沒關係，耳朵的狀況穩定下來才是最重要的，接下來就找一份能好好休息，又能發揮所長的工作吧！地點、薪水反而不是那麼重要！」

聽完曉爸曉媽的建議，亞京也認同地點點頭。

「是的，如果將來的新工作能讓我更有時間休息，那薪水少一點的確暫時不是問題。」

曉曉本來怕爸媽對亞京事業上的挫折展開挑剔，但他們似乎是頗真心地在給亞京建議。雙方交談時的目光都溫暖和煦，這樣的互動看在曉曉眼底，自然也寬慰不少。

當天稍晚，在溫暖的浴室中，兩人一面戴起塑膠手套替狗兒洗澡，一面談天。由於狗兒前腳打了石膏，曉曉還在石膏上包了一層厚厚的保鮮膜防水，再清洗狗兒。

曉曉主動對亞京笑道：「謝謝你，願意那麼毫無保留地跟我爸媽說工作的事。」

「沒什麼……這本來就該老實回答。」亞京憨厚地笑著。「我現在比較擔心萬一我隨時被解約，那可能就要失業一陣子了，還好，我手邊還有五、六十萬的存款。雖然不多，但也夠我撐幾個月了。希望別真的到那時才找到工作……」

雖然對自己的未來很迷惘，但談到真正的興趣，亞京仍雙眼發亮，再艱辛也要繼續走下去。

「放心，你餓不死的，到時候我會把『用四千元在台北度過一個月』的祕訣傳授給你。」兩人開著過去落魄時的玩笑，一面用暖和的水沖洗著狗兒。

牠一開始緊繃地夾緊尾巴，但在亞京與曉曉溫言鼓勵之下，狗兒也漸漸放鬆了身體線條，最後吹乾毛髮時，甚至咧開嘴巴躺在大毛巾上，露出舒心的微笑。

「哈哈！終於知道了喔？妳要享福了啦！」亞京摸著狗兒。

曉曉體內升起一陣暖流，但也感到有些悵然。

自己真能讓這隻狗幸福嗎？

雖然還不知道答案，曉曉卻忽然能想像這頭乾淨健康的狗兒依偎在她腳邊，在電腦桌下陪她畫畫的情景。

這時，曉曉才意識到，狗兒才出現不過幾小時，竟帶給她許多前所未有的感受，嘴角也總是不斷被牽動。

為什麼忽然變得那麼容易快樂、微笑呢？當全家人望著狗狗在新買的地毯上閉眼入眠的神情，他們的表情也窩心極了。

「太好了，牠終於要睡了！」

「快睡吧！晚上不用再怕會有人打妳、趕妳了，也不用怕寒流了。」曉爸曉媽替入眠的狗兒開了烘暖扇，一家人忙到八點，才和亞京回餐桌吃晚飯。

亞京與曉爸分別談著自己小時候養狗的趣事，又喝了點啤酒，最後由曉曉陪亞京去搭車。

「到台北要打個電話來喔！」她甜甜地朝亞京揮手。

「嗯！今天謝謝你們一家，飯菜很好吃，被人關心的感覺很好……讓我有回第二個家的感覺……妳爸媽真的很可愛。」

「那我不可愛嗎？」曉曉得了便宜還賣乖，撒嬌地問。

「可愛，當然可愛。」亞京忍著笑意與羞澀答完，兩人哈哈大笑。

亞京上了客運，在擁擠的座位閉目養神。他不禁覺得，因爲這趟新竹行而輕鬆許多，雖然對於未來的就職狀況有諸多迷惘，但倘若這樣的侃侃而談能被對方家長接受，或許感情會因此長久吧！

不知道是否自己仍太過天真，還是習慣簡化事物，亞京只希望下個面試機會能順利落入自己手中。

「一定會沒問題的，遲早會找到的！也許花三週，也許花三個月，適合我的工作絕對會來的。」亞京帶著盼望，閉上了雙眼。

13. 小確幸的真相

芷曦坐在一間黑色調的簡約咖啡廳裡，一身白襯衫配灰色套裝的她綁起馬尾，模樣正式且俐落。不過，芷曦的神情是放鬆的，顯然她正在等待赴約的是熟人。在對方尚未抵達的空檔，她刷著手機望向臉書。

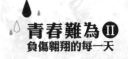

視線停駐在曉曉最近貼出的一則動態上。

「最近我們家有了新成員，一隻年約七、八歲的白色母柴犬！因爲牠是冬天來到我們家，又剛好是白色，所以取名爲小雪。經過一個月的適應，小雪現在都會期待一天三次的散步，雖然中間歷經我重感冒、媽媽手扭傷，但全家人總是自告奮勇要排班帶小雪出門散步。曾經是流浪狗的牠也習慣牽繩，也不隨便吠叫，習慣很好！謝謝妳，小雪，妳讓我的作息一下子正常多了，原本因爲久坐而染上的手麻腳麻職業病，也痊癒了！更要謝謝妳在我撐著眼皮趕稿時，總是溫柔地窩在桌下守護著我！明天就是妳拆石膏的日子，期待妳健步如飛！」

芷曦繼續點進曉曉與小雪的合照——小雪是隻模樣憨厚秀氣的可愛柴犬，在曉曉一家人的打理下顯露出雙眸的神采，一身亮麗白毛十分耀眼迷人，完全看不出牠已經相當於人類年齡的五十多歲了。

「唉！曉曉真是越過越好了！真好！」芷曦也不知道自己是羨慕還是嫉妒，看見曉曉生活中忽然有了比工作本身還要抒壓的重心，更是嚮往不已。

「抱歉！我遲到了！」小邵的聲音從芷曦身後傳來，他正急急忙忙地進入咖啡廳，頭髮梳得時尚而簡單，一身西裝，顯得風塵僕僕。

「沒關係啦！我也沒等多久！」芷曦微笑。「反而要謝謝你特地出來！」

「哈哈，什麼時候說話變得這麼客氣了！」小邵明顯地感覺芷曦穿上這種求職服裝，整個人有氣質多了，連說話都變得很有禮貌。

今天小邵之所以來赴約，是因爲芷曦在歷經三、五次的面試之後，深深體會到自己的面試技巧嚴重不足，因此找來已經是老闆的小邵當救兵。小邵每天都在待人接物、人面又廣，不可能提不出有用的意見。

「這是我的履歷，先請你賜教一下。」芷曦遞出一疊用透明L夾裝起的A4紙，上頭條列式地撰寫了自己的基本資料。

「嗯……」小邵先是花了五分鐘認真讀完，隨後就給予意見。

「一開始就放自傳、座右銘，還加入了一些人生小故事，顯得有點……自戀，而且中、英文夾雜的寫法讓人覺得有些不正式。建議第一頁放妳這個人的優點、特質和強項，才能讓主管第一眼就注意到妳的競爭力。」

「哦哦……」忠言逆耳，芷曦的表情一下子陰沉了起來，但一想到小邵是爲了幫助自己而來的，她只得打起精神認真聽完，並做筆記。

「還有，妳最好也把學、經歷都放在第一頁，第二或者第三頁之後再用自傳的方式說明，讓趕時間的主管比較能馬上抓到重點。」

「好的……」芷曦不禁覺得有些汗顏，自己也不是第一次找工作了，竟然犯了許多新手會犯的錯誤。

「其實妳的履歷沒什麼問題，只是得更清楚地將重點寫出。」小邵用心地翻回第一頁，用手指著芷曦先前標註粗體字的地方。「像妳這邊寫的，妳在洛杉磯當一個當地設計師品牌的實習生，但是妳沒有說到工作內容是什麼、具體學到什麼，這個很可惜。還有，既然妳英文不錯，應該也準備一份純英文的履歷才對，畢竟不是每一個面試都有機會讓妳秀英文。如果一開始就拿出紮實又通順的英文履歷，不是很帥氣嗎？」

芷曦眼睛亮了起來，小邵的建議簡直讓她想立刻回家火速修改。芷曦一面拿出筆記本抄下小邵說的要點，一面訝異自己聽了這些建議之後，竟完全不嫌麻煩。

要是以前的她，大概會因爲工作量忽然增多而顯得意興闌珊，拖延了好幾天才邊抱怨邊修改。

小邵又給了幾個建議，還請芷曦現場做口頭自我介紹，把履歷簡單扼要的報告一次。芷曦一開始頻頻笑場，但看到小邵擔任模擬面試考官的嚴肅神情之後，也緊張了起來。

她這才發現，雖然履歷上的內容都是自己親筆打的，但想要透過言語表達出來時，她卻顯得自信不足、吞吞吐吐。

「嗯！妳應該要更有說服力一點，如果真的沒辦法很通順地講出心中要表達的，最好還是不要怕麻煩，直接把自我介紹和經歷的部份打成逐字稿。例如：『各位主管好，我是林芷曦之類的』……」小邵充滿關懷的語氣，讓芷曦感到相當受用，也十分感動。

正事辦完，小邵能給芷曦的建議已經到達極限，他似乎也怕自己再說下去就顯得嘮叨又雞婆，因此終於闔起嘴唇，緩緩地喝起冷掉的咖啡。

「是說，妳最近過得怎麼樣啊？跟爸媽說妳不考國考了嗎……」

「說了，但他們還是要我繼續準備國考，直到找到工作，而且通過試用期，才能停止。」芷曦聳了聳肩，雖然不能早點脫離國考苦海，但她也認為爸媽的要求很合理。

畢竟，萬一她真的找不到適合的工作，還有臉不繼續考國考嗎？

芷曦真覺得自己像個長不大的孩子，都年過二十七了，還和爸媽作這種像小朋友考一百分般的交易。但她也明白自己的個性，若是無經濟壓力又不用準備國考，她鐵定又會到處混日子，不認真找工作。

「我可能還是要有人逼著吧！」芷曦嘆息道。

「這樣也不壞，至少妳沒苦過。」小邵微笑。「我爸媽知道我要創業時，氣得斷絕往來，我一度只能靠五千元過一個月，那時全靠女友接濟我……真是窩囊。」

「哎呀！你早就可以回報她啦！不是都有了新辦公室，自己當老闆了？工作應該也還順利吧？」芷曦假定小邵這麼腳踏實地地努力下去，何止工作、女友，上天肯定會讓他當個鍍金的科技新貴。

想不到一聊起這話題，換小邵愁眉苦臉起來。

「怎……怎麼了？我說錯話啦？對不起，我已經努力在改了，曉曉先前說我講話偶爾會有傲氣，想什麼說什麼。」芷曦忙著道歉。

小邵一口飲盡杯中的咖啡，忍住苦澀的笑意擺了擺手。

「不，不是，只是忽然覺得，人生就像這咖啡一樣苦。」

「哈哈哈，好老派的比喻！」芷曦笑罵道，小邵也哈哈大笑。

「不過，到底怎麼個苦法？」芷曦換了個問法。「難道你最近也過得不順？」

「到了這年紀，正確的說法不是『不順』，而是……『沒有起色』。」小邵無奈地攤開手。「看似好像達成了什麼，但其實也不是多了不起的事情。」

「我懂，好像有種無力感吧！」芷曦點點頭，雖然眉心皺在一起，但還是掩不住她臉上的聰慧。「偶爾也滿徬徨的。」

「是啊！不管怎麼努力，似乎永遠不夠。像我，雖號稱是老闆，但想大幅度替員工加薪卻無法做到。明明已經有了自己的辦公室能接待客戶，但事業並沒有在短時間奇蹟似地有起色，頂多持平……」

「我明白……也許我們終究想等待一個奇蹟、一個轉捩點，都忘記腳踏實地其實是最累的。」芷曦也道出自己現在的心聲。「不過，也許那奇蹟只是遲遲不來，或者可能永遠不會來了。」

「哈哈。」小邵笑道：「以前的我一定會整天像憤青一樣，抱怨社會、抱怨制度、抱怨台灣。現在雖然還是會抱怨，但至少是邊做邊抱怨，畢竟生活在這個國家的每一天，都該踏實地努力。我越來越不會去想這社會錯待了我們，而會去想我們要怎麼在一次次的侷限中，讓自己快樂起來？」

芷曦望著小邵意味深長的表情。「所以才會有小確幸的出現吧！爲自己買杯高級咖啡就很開心……」

「對，除了那些快速又立即性的物質之外，還有房子、車子，或者帶父母出國等等……都是很想做，但又很難馬上做到的事情。像我爸媽也老了，媽媽身體很糟，已經不是能隨意出國一、兩週的體能狀態了，只好考慮先把台灣玩透再說。而依靠物質讓自己快樂，其實是最危險的，主要還是想看到身邊的人的笑容吧……這就是我的精神寄託了。」小邵說著，雙眼含淚。芷曦立刻知道他之所以感慨萬千，大概是最近有什麼事不對勁了。

但她也認同，想看到身旁親愛的人的微笑，本身就是件難事。拿芷曦的爸媽來說，他們也很久沒對她笑過了。大家聚在一起不是抱怨她不成器、暗示她該考國考，不然就是質問找工作的進度……

「希望我們都不要失去，讓身旁親友微笑的能力。」芷曦說著說著，也哽咽了起來。

小邵顧不得自己正在鼻酸，連忙抽了張紙巾給芷曦，兩人對上眼神，又苦笑出聲。

在片刻的沉默之後，芷曦吸了吸鼻子。

「小邵，你和妮可最近……不好嗎？」

「唉！她現在很少接我電話，我也不曉得這到底算不算分手。」

「天啊！怎麼會分手呢？最近到底發生什麼事？」芷曦眼中的小邵與妮可

一直是情意深重的愛侶，一路攜手相伴。本該是以事業有成、婚姻美滿作為故事收場的兩人，如今卻瀕臨分手？

小邵將原委娓娓道來，說兩人自從上次看完房子，又在同事面前吵了一架之後，關係一直很糟。

「這社會真是太現實、太可怕了……」芷曦嘆。「當然，看到好姐妹幸福，難免也想獲得同等物質的幸福。不過，我想妮可和你之間一定有更深的誤會吧？畢竟她不是那種沒有房子就不嫁的女人，不是嗎？」

「或許她是一直看到我努力的背影，反而覺得累了……我的確無法好好陪伴她，連她頻頻催婚，我都沒答應她。」

芷曦不敢相信。「你沒把你的考量告訴妮可嗎？」

「溝通是有，她知道我是怕自己無法好好陪她，萬一懷孕孩子勢必要生下來，但我也可能沒辦法守候在她身邊。」

「其實這很常見啊！我就認識一對夫妻，結婚沒多久就因為丈夫調職的關係，分居兩個國家，懷孕也是獨自待產。但她每天都過得很悠閒、很開心，大事小事都用視訊說給老公聽呢！」芷曦總是能舉出那些特別幸福的例子，鼓勵小邵。但他仍搖搖頭。

「我那天甚至退讓了，我好怕她離開我，馬上就說了如果她要結婚，我也會想辦法配合……」

「等等，你到底是說了什麼？」芷曦瞪大眼睛，而當她聽完小邵重現當時的對話時，芷曦激動地從咖啡廳的座位起身。

「我知道了！我知道她爲什麼這麼氣你了！」

小邵一頭霧水，望著氣喘吁吁的芷曦發愣。

「你想想，妮可一直在等你什麼？等你許她一個婚姻、一個安穩的前景。其實她一直都不要求你隨時陪在身邊、甚至賺很多錢，不是嗎？」芷曦語氣急促，雙眸閃爍著心疼的光芒。小邵被她的氣勢所震懾，點了點頭。

「所以，你回想一下，她好不容易盼到你軟化，但你的語氣卻像在施捨、退讓。好不容易等到你的求婚，但你卻是在一個髒亂的廚房裡，接在氣話後頭、順口說的。她想要你漂漂亮亮、風風光光地給她承諾……這種求婚，難怪她不認可、難怪她憤怒啊！」

「天啊……原來是這樣。」小邵先是一愣，隨後醍醐灌頂，雙手抱頭。

「結果你這阿呆竟然爲了根本不重要的事情，例如房子、工作而自責，而忽略了要對她好好道歉、認真求婚……」芷曦苦笑道：「你讓她怎麼釋懷呀？難怪氣得兩週內都不接你電話。」

「她……是有接，但很冷淡……我終於知道爲什麼了。想必當她期待地拿起電話，希望我道歉時，我卻是搞不清楚狀況……」小邵滿臉通紅，羞愧又自責。

「芷曦，還好遇到妳，幫我找出問題點！」

「哎唷！彼此彼此啦！你也幫我很多啊！」被這麼一感謝，芷曦倒有點不好意思。

「接下來，能再請妳幫我嗎？」小邵神情倉皇中帶點興奮，緊繃地從桌邊站起、收拾著公事包。

芷曦瞪大眼睛反問：「怎……怎麼了？」

「幫我想想該怎麼求婚！」

小邵推開桌面上已付款的帳單，奪門而出，芷曦恍然大悟地笑了起來，飛奔在後。

14. 未來的旅程

過了個年，曉曉在親戚的圍繞下吃完年夜飯，大家還是一如往常地問她在做什麼，聽到曉曉「在家工作」，不少親戚嘴上說新奇，背地裡卻笑她「啃老族」、「家裡蹲」，聽得爸媽也不是滋味。再加上過年時節，許多年輕人都用公司的年終送手機、送平板、包紅包給長輩，爸媽看了不感羨慕，反倒奇怪了。

然而現實很殘酷，曉曉別說年終了，畢竟還是新人ＳＯＨＯ，今年才剛出第一本書，也無法一次展現大手筆的財力。

「唉！我能有點存款買新衣新鞋就該偷笑了。」在擺放神主桌的親戚家客廳中，曉曉抱著前陣子收養的白柴小雪，跟同輩的堂哥、堂妹一起聊天。小雪的腿傷早已痊癒，年紀初判已有七、八歲的牠，卻十分活潑可愛，逗得周遭的人哈哈大笑。

躲在小雪身後的曉曉，迴避著大人世界之間比較來比較去的話題。以前每逢過年過節，她總喜歡和堂哥、堂妹賴在一起，聊聊學業、聊聊偶像劇與音樂。但長大之後，看著堂哥踏入年終、分紅拿不完的科技業，堂妹們也多半是經常接觸人群、桃花運爆棚的服務業，話題倒也越來越少。

還好今年多了小雪這位最佳冷場救援王。曉曉與年齡相仿的親戚們聊著小狗經，彷彿感覺自己又回到那個無憂無慮的童年。

偶爾只需要擔心點課業成績、以及爸媽給不給追星，當年的煩惱跟現在相比，簡直小巫見大巫。

雖然比曉曉年輕好幾歲，但堂妹們已有兩個訂婚、兩個結婚，女孩聚在一起，也一一問到曉曉的私生活，但她沒有太多近況可以匯報，只能傻笑。

接著，堂哥又聊到買房裝潢、尾牙活動有多豐富，實在讓曉曉難以進入話題，只能乾笑著說羨慕。

「唉……本來以為能像以前那樣好好聊個天，結果都在講這些事……是我自己心眼太小嗎？不是說結婚，就是說買房買車……」原以為離開坐滿長輩的「大人桌」，就可以避談這些現實不已的問題。但曉曉只覺得自己更加尷尬，好像比她幼齒的堂妹都長大成人了，只剩自己還像個孩子似的，還奢望大家能像以前那樣無憂無慮地玩在一塊。

「我帶小雪去散步，牠好像想尿尿了。」牽上小雪，曉曉決定到外頭透透氣。小雪似乎也因為離開滿是人群的地方而鬆了口氣，一接觸到外頭的冷風就興奮地甩動毛皮，一身雪白的厚毛配上粉橘色的新項圈，帥氣又甜美。

「小雪啊！妳也覺得跟大家匯報近況，很累嗎……」曉曉苦笑道。過年時節，家家戶戶難免會放煙火、鞭炮，但小雪神經大條，總是氣定神閒，即使遇到野狗來咆哮挑釁，牠也只是哈著氣冷冷地回望牠們。

「哈哈，妳真是淡定一姐！我真該學學妳的態度！這樣不就輕鬆多了？」曉曉微笑。

「欸欸！等等！」後方傳來一陣熟悉的腳步聲，原來是方才一直窩在「大人桌」與長輩聊天的妹妹，她裹著一身厚大衣，氣喘吁吁地追了上來。

「姐啊！妳忘記幫小雪穿外套了啦！今天才十二度而已耶！」

「哦！可是小雪現在已經暖好身，不需要穿外套了。」曉曉指著猛喘氣的小雪笑道。

「哇！柴犬的厚毛果然不是蓋的，牠看起來的確滿熱的，不要穿好了。」

妹妹將小雪的點點粉紅外套收入包包，姐妹倆牽著狗並肩行走。

「妳還真厲害，能一直待在長輩桌聊天⋯⋯」曉曉佩服地說。

「哪有厲害，只要順著他們的話題聊就好了啊！可能我現在還在念大學，他們也沒有什麼好問的，只問了有沒有男友、以後畢業想做什麼，這種問題不用認真回答啦！」妹妹一臉淘氣。「反正過了今天，他們根本也不會記得我說了什麼！」

「哎唷！妳看得真開。」

「是妳太敏感了……不要因爲在家裡工作就覺得自己不如人好嗎？」妹妹直接地點出曉曉的問題，讓她吃了一驚，心卻暖暖的。

妹妹又帥氣地說道：「妳堂堂正正的工作有什麼不對？只不過型態新潮了點，那些愛說嘴的老古板才會跟不上，其實他們搞不好還羨慕爸媽天天有妳在家陪伴呢！」

「唉……」聽到妹妹的肯定，曉曉感到窩心又感激。「我才羨慕能買平板、送紅包給他們的堂哥、堂姐呢！」

「那有什麼，妳今年不能送，明年也送不了嗎？那後年呢，大後年呢？總會有辦法的吧！」妹妹一臉理直氣壯，反而讓曉曉心中燃起濃烈的鬥志。

「對啊……我真是的，爲什麼就這麼小鼻子小眼睛。當初就是希望能給自己一片未來，才選擇自己熱愛的插畫創作，現在竟然因爲看到別人掏錢又談到結婚買房，就自己洩起氣來了。」曉曉這才瞭解，原來自己竟不知不覺地把自己的夢想看得那麼廉價，跟旁人比較起來。自己現在每天吃飽睡好、創作欲望豐沛，年前也終於出了自己的繪本，跟去年此時相比，今年還不夠好嗎？

在郊區的大馬路上，聽著遠方的夜市喧鬧，曉曉一手牽著小雪，一手摟住妹妹的肩頭。

她必須更認真地定義自己的生活，而不是只放眼於當下尚未得手的東西。

當晚驅車返家奔馳於高速公路上時，爸媽在深夜廣播的陪襯下，緩聲問後座的曉曉。

「曉曉啊……妳現在到底一個月收入多少？還可以嗎？」

「還可以，已經出了兩本書，現在有繼續談其他出書籌碼的空間了。」曉曉知道自己再怎麼報出月薪，數字也不夠好看，只希望爸媽專注於她此刻能完成的事。

「對啊！聽說年後出版社就會把新書寄到我們家了。」妹妹也連忙出聲幫腔，秀出手機上的博客來連結給媽媽看。「妳看，這是封面，上面寫著姐姐的筆名啊！」

「唉！真該在剛剛吃飯時拿出來給大家看看。」爸爸難免愛面子，曉曉知道爸爸不只是好強，一方面也以她爲榮，才會這麼扼腕。

「不用啦！」不過，曉曉一向不喜歡高調宣傳自己的作品，特別在親友面前，多半有弊無利。她也自認目前的成績還沒辦法到處拿來說嘴，只是淡淡一笑。

回家後，曉曉又讓小雪在花圃上了一次廁所。隨後替牠洗腳，帶進屋，關上花園小燈，這已成了每晚上樓前必做的事。

因爲認爲小雪既有輕微骨刺又是中老年狗，曉曉總是抱著小雪爬樓梯，回到兩人在二樓的房間。

每當曉曉坐回大木桌旁使用電腦畫畫時，小雪就回到桌下的彩色小織毯上趴著休息。牠有時睡得打呼嚕，有時半瞇著雙眸望向曉曉，輕哼著要她也上床早點休息。

「咕咕——」嫌燈光太刺眼的小雪，從喉間發出催促聲。

「哈哈哈，好啦！我再摸魚半小時，就要睡了。」曉曉回答。

曉曉刷了幾頁臉書，看了一些溫馨的拜年訊息，忽然意識到此時的自己比去年快樂太多了。去年她剛因爲生病而離職，正要開始插畫家的工作，每週往返充滿霉味的台北租屋處，一面伸手跟爸媽拿錢，每每心底都是愧疚。如今雖然還無法回饋給爸媽實質的東西，但已經能做出一些成績，至少也能靠自己付完每個月的生活費。偶爾也能給家裡添些小家電、小家飾，還能做小額的儲蓄規劃。

「希望明年開始，可以做到每個月給媽媽家用。」曉曉暗自許願道。

「新年快樂！」亞京傳了ＬＩＮＥ訊息來，兩人聊了一會兒天。在這個除夕夜，亞京也回南部，與家人在一起。

記得以前剛交往時，曉曉總在半夜聊得大笑大鬧，現在感情穩定，彼此說話的語調也轉爲綿密輕柔。

曉曉與亞京互開了視訊，他看起來神態輕爽，頭髮剪短了，對鏡頭微笑的模樣帶著一些難得的可愛。

從前陣子，亞京開始有「能過個好年」的預感，因爲下個工作已大致有著落了！這次是台北知名的影視後製公司，從字幕翻譯到後製配音、音效製作都需要人手，但亞京仍需要從試用期做起，年後開始上班。

雖然月薪比上份工作少，但這間公司是業界出了名的國際良心企業，總是連年獲獎，發展性高，尾牙和年終也都不錯；平日很少要求員工加班，偶爾公差出國也能全額報公帳，工作時程也不會抓得太緊。

「工作大致上已確定了，但其實還不敢跟家人說，怕萬一又有變數，或萬一沒通過試用期，老人家會失望。」

「我覺得你可以先跟他們說啊！」曉曉真摯地分享著自己的意見。「聽到新公司的條件，我心情都好了！你家人知道一定也會開心的！」

「好的。那今天妳的年夜飯吃得怎麼樣？還好吧？」亞京也回頭關心曉曉的狀況。

曉曉一五一十地將今晚自己的情緒告訴亞京後，他也頗為認同地在視訊那端點頭。

「唉！各行各業都有辛苦之處，賺得多的，其他地方犧牲也大。賺得少的，也未必就沒有快樂和炫耀的權利。」亞京的睿智眼神帶著些許無奈。「現在出社會的台灣年輕人，多半只能當兩種人；一種是當那種『還想賺人錢的人』，例如創業、當仲介、賣保險，或者玩錢滾錢的遊戲，哪裡好賺就往哪裡去，隨波逐流；另一種呢！就是老老實實生活、平日省吃儉用、花小錢就能感到滿足，重視休息、健康與精神生活的人。如果還有實行夢想的『精神奢侈』，像我們這樣，倒也可以找到一條路。不過，第三種人也沒有必要被我們瞧不起。」

「『第三種人？』」曉曉問。

「前面的第一種人有能力賺錢，第二種人有能力花小錢就過得很開心，不奢求、不限制自己太多。相反地，第三種人沒有能力賺錢與存錢，但又堅持要過得開心，因此成為月光族或者伸手牌，例如：向富爸、富媽、富『另一半』伸手的，比比皆是。」

亞京語氣不帶挖苦，但曉曉感覺得到他真正想表達的。

她也說：「嗯！每個人都有自己的苦惱和快樂。像我要的跟別人不一樣，就是為了這份「不一樣」，我才選擇這樣的生活方式。」

「希望妳能一直過著妳想要的生活。」亞京瞇眼微笑。

互道晚安前，亞京問起小雪。「我想看一下小雪，哈哈，牠應該在睡覺了吧？」

「睡得可香了！我用視訊照一下牠。」曉曉彎下腰，拿起視訊鏡頭對著驚醒皺眉的小雪。

「哈哈哈，好好笑的臉，牠一定在想『你們人類在做什麼，整晚不睡』！」亞京的歡笑聲從耳機傳來，聽在曉曉耳裡，特別有種暢快的安心感。

兩人話別，曉曉心中忽然湧起悸動的熱血，打開繪圖軟體，隨手將桌下小雪慵懶挑眉、眼帶責備的模樣畫進電腦。

翻了個身，小雪在毯子上挪動身體，發出喉音咕咕叫。

「好啦！我馬上就睡了，妳不要碎碎唸了嘛！」

※※

亞京在新辦公室中坐定，這是他上班的第一週，一切還算順利。只是資深同事多半臭臉，許多事情也只教一次就急著閃人，亞京自覺都三十歲了還要重新當一次「新人」，十分戰戰兢兢。

因爲是大公司，員工福利也不錯，每天都有一百元午餐補助。亞京中午大嗑雞排便當，下午繼續埋頭苦幹。他的工作是錄音助理，雜務很多，改劇本、跟配音員協調、操作錄音器材，偶爾也要支援企劃和剪輯。恰巧這些亞京都很有興趣，總是帶著笑容與專業的氣勢去執行，也讓許多前輩開始對他刮目相看。

事務雖然繁雜了點，甚至一天要換好幾個工作地點。但戴耳機耗費聽力的工作時數，則比上個工作少了許多。亞京雖然會偶爾耳鳴，但已不再像前幾次那樣，感覺全世界的聲音都在耳內爆炸迴繞，永無止境。

因爲設備的關係，新公司的高階錄音室不需要戴耳機作業，直接裸耳收聽工作內容即可。這讓亞京不用再像先前那樣整天用大耳機悶著耳朵，有時甚至連自己的耳鳴都無法馬上察覺。

「應該可以平安度過試用期吧？」他暗自祈禱。換工作難免有許多不安，但亞京深深覺得自己太幸運了。待業兩個月就能找到這麼好的工作，又是在國際級的大公司，他的英文也派上用場，能與日本、新加坡、美國的客戶流利對談。

今天才有一組從迪士尼獨立出來的動畫製片團隊參訪錄音室，一群人聊得很開心。亞京去忙著處理茶水、餐點到一段落，暫時沒事了，便回辦公室電腦前午休，讀個臉書訊息、喝杯茶。

一封新訊息映入亞京的眼簾。雖是臉書信箱，對方的用詞還是很正式。

「亞京學長您好！我是先前到貴公司叨擾過的大學生正恆。新學期我們要開始找暑期實習的地點，因爲先前跟學長您聊過，很喜歡學長公司的氛圍，不曉得有榮幸跟您一起工作嗎？我對於錄音、剪輯都有興趣，因此若是貴公司，或者其他您知道的公司有需要暑期實習生，都歡迎告訴我喔！」

亞京把茶水放到一旁，讀著這封誠懇稚嫩的信。撰寫者正是他上任工作時認識的那位大學生。當時，因爲對方青春洋溢、嘴甜又充滿熱情，亞京便與他交換了不少工作經，甚至將自己的名片留給對方。

不過，看到學弟對業界公司充滿期許的模樣，亞京也十分感慨。畢竟他並不認爲前一份工作適合如此青澀善良的新人。

「若是我推薦他去的話，國家幼苗會受摧殘的……但如果直接說前公司很爛，更是不妥……我也不知道哪裡比較好，要怎麼推薦呢？」亞京搔搔頭，不曉得該單純避免麻煩以客套話打發滿腔熱誠的晚輩，還是該傾盡全力幫忙。

「如果他來我現在這間公司，倒也可以……但我還在試用期，也沒有那個能耐直接引薦他來呀！若是推薦其他地方，我又沒待過，哪裡知道好不好？」亞京感到十分苦惱。他這時才認清自己在這項產業也不過是個新人，雖有滿腔心得想與晚輩分享，但自己還是新人，根本也沒站穩腳跟，又何來立場給予什麼深度的建議呢？

「學弟啊！請你原諒我……」亞京抱著頭，想著要是以前的自己，一定也希望職場上可信任的人給予自己一根浮木。

「我晚點還是去問問人事部好了，也順便打聽一下，這裡的實習生操不操，萬一太操也不行，還是讓他去別的地方比較好……」亞京最後還是選擇多少為晚輩做一點事。

他親自到了人事部詢問，小姐態度馬虎、說詞反覆，最後還十分不耐煩。亞京只好回了一封長長的信，請學弟主動投幾家實習履歷，或者親自打電話詢問。他也順便分析了大公司與小公司的優缺點、各項工作所需的技能、與實習生可能遇到的狀況，不知不覺，竟然回了快一千多字。

「這樣應該可以了……再說下去，怕顯得我雞婆，也怕學弟覺得我把自己美化成什麼神人前輩……希望別這樣。」雖待在冷氣房中，亞京卻出了一些汗，此刻「怕惹上麻煩又真心想幫點忙」的矛盾心情，讓他不禁苦笑起來。

「也許是因為，我對這個產業仍抱著一些期許，如今能出點棉薄之力，多讓一個新人來共同追逐理想，也很好。」

15. 新的旅程

曉曉滿頭大汗地趕往世貿三館。好久沒回到步調匆忙的台北，一想到自己快要遲到了，還在這麼重大的場合擺烏龍，曉曉很後悔自己搭錯了客運，才拖到現在。

元宵節前幾天，曉曉接到出版社的緊急電話，說她的兩本繪本都會在台北國際書展上架，問她願不願意到現場簽名。

「我們幫妳辦個簽書會呀！」新入社的小編輯笑咪咪地在電話裡說道。曉曉當然爽快地答應。

如今，筆直地朝世貿中心大步邁去，曉曉穿著精緻粉橘色高跟鞋的雙腳不斷奔跑。當她與一群群拿著動漫紀念品的學生擦身而過，穿越了幾個拿著童書、大型玩具的親子團體，不自覺地心中浮現了欣慰的感動。

「以往我來國際書展總是以單純的讀者心情參加，但今年開始，我將以作者的身份參加了……」曉曉化著美麗妝容的臉龐，浮現起淚意。

出版社的助理等在三館入口，將工作證交到曉曉手中。

她望著證件上標註的「講師嘉賓」一詞，心中感慨萬千。

「理想真的一步步達成了！」曉曉很感動，也緊張得紅了耳根，一想到出版社說要幫她辦簽書會，更讓從未有過簽書經驗的曉曉渾身緊繃，完全無法想像自己等等會遇到什麼樣的場景……

終於跟著助理來到攤位，曉曉看到自己的繪本被陳列在會場的外側，上面有活動促銷價的告示看板。但迎面而來的，是混亂的狹小攤位。

現場簡直像倉庫一樣，工作人員將一疊疊的書擺到僅剩的幾張空桌椅上，場內沒有任何排隊的群眾，倒是有三五個家長帶著孩子在翻書。攤位上看得到兩個編輯在叫賣，但沒有任何關於曉曉本人會出席活動的海報與文宣字樣……

「這就是……簽書會？」曉曉心想也對，自己只是新人，怎麼可能特地爲她辦一場專屬活動？企劃人員能夠想出促銷方案，幫她打折賣書就不錯了。但要不是編輯跟她說有簽書會，她其實也不會頂著寒風，特地遠從新竹來參加活動……

「怎麼想，都有不受尊重的感覺……」曉曉心想，大概是自己誤會了出版社的意思。此時，只見當時與她聯絡的編輯笑盈盈地跑來。

「唉呀！謝謝妳特地來！各位家長、小朋友，這就是我們書展特惠套組『神仙共和國』和『驚天海底城』的繪者——曉曉老師！」

書攤上七、八雙眼睛望向自己，又忽然被稱呼爲「老師」，曉曉尷尬地露出微笑點點頭。

「老師，這邊請坐！」編輯用客套甜美的聲音，把一疊書拿開，請曉曉在狹窄的書攤間隙中坐下來，又把數十本曉曉的繪本堆到她面前，拿了一枝筆給她。

「來，要麻煩妳簽名了。」

「哦哦……」原來是這種形式的「簽書會」，曉曉頓時覺得自己像是來做功課的小孩，被一群家長用狐疑的炙熱眼神盯著。她只得做出一副稀鬆平常的微笑模樣，試著從容地拿起筆，用從未練習過的筆開始簽書。

一本又一本地簽，現場氣氛寧靜且尷尬，曉曉不知道怎麼跟眼前的這群人互動。他們手上並沒有自己的書，要她主動推銷也不是。曉曉只得繼續友善親切的微笑，埋頭苦簽，手痠了也不敢停。

「我們的繪者大人現在就在現場喔！年輕漂亮又有才華！各位大朋友、小朋友千萬別錯過囉！現在買一本不但打六折，還送繪者簽名！要合照也可以喔！」編輯繼續拿著大聲公叫喊，原本聽到這樣的介紹詞，曉曉還感到彆扭又慌張，但聽著編輯用疲倦的嗓音一句句重複推銷，她的內心也充滿感動。

這群編輯平常在出版事務上已經很幫忙她了，眼前堆積如山的滯銷書籍，除了經過她的創作之外，還要校對、校色、排版、文案、宣傳……如今編輯還為了她這個繪者聲嘶力竭地推銷，曉曉感到過意不去。

她主動露出比方才更加真誠自在的笑容，對現場看熱鬧的家長與小朋友點頭，人群這才慢慢聚攏過來。

雖然不到人山人海，但這樣的「簽書會」倒也排了兩、三個人，會場不再靜默尷尬。

「你叫什麼名字呀？」曉曉主動詢問小朋友的名字想簽在書上，中間歷經尷尬的寫錯字、聽錯名，才逐漸上手。家長看到她手忙腳亂的模樣仍十分捧場，沒有一點不耐煩，更讓曉曉感動在心。

歷經了幾次的慌亂後，曉曉總算氣定神閒。不但與家長閒話家常，任由他們詢問小朋友的才藝問題，甚至還現場簽上幾筆Q版的插畫速寫，讓小朋友直呼厲害。

「哇！快謝謝老師！」家長們也非常驚喜，爲曉曉青澀但親切的風采點頭致意。有幾位家長甚至湊了過來，問曉曉的繪畫是在哪裡學的、孩子若想當畫家是否需要天天練習等問題，讓她臉紅不已。

「有許多問題真是太抬舉我了……我哪有這麼厲害……」還不習慣幾位家

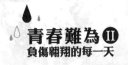

長的吹捧，曉曉不敢大唱高調，只能根據自己的經驗小心翼翼地給眼前的小朋友鼓勵。

「您剛剛說希望讓孩子培養畫畫素質，我覺得很重要的一點，就是營造一個能讓他們自然而然作畫的情境，並且以鼓勵的方式讓他們耐心完成一件作品。從草圖到最後一筆都能堅持自己完成的話，功力很快就能累積起來了！」

「謝謝老師，聽到老師的意見後，我會盡量不打斷我孩子畫畫的！」家長眼神中的閃耀光彩，溫暖得讓曉曉難以招架。

平常總是關在房間作畫，生活圈中只有家人與狗兒的曉曉，光這一個下午便接觸到各形各色的家庭，也讓她感到生氣勃勃。

一名媽媽與曉曉聊得意猶未盡，甚至拿出平板電腦詢問。「曉曉老師，請問妳有聯絡方式，或粉絲專頁嗎？」

「哦哦！有的，我有粉絲團。」曉曉幫家長在平板電腦上搜尋自己的粉絲團，當她看到上頭讚的數量時，心頭一驚。

「什麼時候變成八千多人了……我上次看才只有一千多人而已。」曉曉還以爲自己弄錯了，但一看到粉絲團頁面的圖片的確都是自己的作品，她這才冷靜下來，卻摸不著頭腦。

「啊！曉曉老師！妳是那個畫『白柴小雪』的作者，對不對？」這位媽媽望著平板上的畫面，驚呼起來。

「對……我先前有把我家小雪的四格插畫發表出來……請問您有在別的地方看過嗎？」

「有啊！我在十二夜的粉絲專頁有看過，妳的插畫有一千多人按讚呢！還有好幾十個轉貼，妳是原作者，竟然不曉得呀？」

「我真的不曉得……原來我的作品被分享到這麼多地方，難怪讚數忽然飆升了！」曉曉自言自語。

「哈，因爲我們家本來也想養柴犬，有加入柴犬司令部的粉絲團，結果很常看到妳的作品被轉載啊！例如：相遇篇、等門篇、晚安篇，都好感人喔！」瞧見媽媽激動的神情，曉曉這才相信自己的圖文在臉書上已經造成了不少後續效應。她過去都關在房間裡創作，很少主動檢查粉絲團的狀況，才會這麼後知後覺。

「我……我本來只想跟大家分享我家小雪的趣事，沒想到這麼多人看到！謝謝妳！聽到妳這樣一說，我回去得常常更新才行了！」

曉曉感到整個人暈陶陶的，無心插柳柳成蔭，讓她感受到在網路世界瞬間爆紅的喜悅。她通常只是上粉絲團貼作品、回留言，很少去追蹤自己的作品被多少人看見，不料這一、兩個月來，自己的名氣竟有如此顯著的變化……

一個下午很快就過了，面對那些肯定自己的笑臉，曉曉只能道謝再道謝。

「原來我的作品……真的能帶給素昧平生的人們快樂……」她感激在心，渾身的血液也沸騰著。

雖然今天促銷的繪本跟那些大咖繪者比起來，銷售量只是滄海一粟，但曉曉卻對自己一路走來的成果十分感恩。好想立刻回家抱住小雪、摟住爸媽與妹妹，和他們分享自己的興奮之情。

「創作真的很好……把人與人之間的關係一下子拉這麼近，我也被讀者鼓舞了！以往關在房間裡怨天尤人，嫌自己不夠紅、嫌錢賺得不夠多……真的是太小看創作本身的價值，也太傻了……」

曉曉忽然發現，快樂唾手可得。這跟名氣、金錢無關，創作本身就是一件快樂的事。

※※

錄音室外頭的沙發區，亞京起身接待新來的時尚品牌助理，與她帶來的外國客戶。這位助理綁著黑色長馬尾，從略為慌張的神情看來，對方也是剛入社沒多久。

雙方交換了名片，對方的名字叫芷曦。亞京隱約想起她是曉曉的朋友，爽直地與她相認。

「哦！原來你是曉曉的男友啊！我先前常聽她說到你耶！真羨慕你們！」

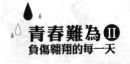

一遇到熟人，芷曦立刻換上豪邁陽光的笑容。

亞京帶著芷曦的國外客戶進入錄音室，雙方用英文談論工作內容。當客戶與亞京的上司開始關門錄音後，亞京與芷曦就趁空檔，在外頭的沙發區聊天起來。

「上次跟你們公司接洽時還沒看到妳……妳是新調來的嗎？」亞京問完，芷曦憋著笑容低聲回答。

「我是超嫩的新人，還在試用期而已。」

「哈哈！我也是耶！」沒想到兩人剛好都處於重要的轉捩點，亞京望著芷曦活力四射的神情問。「妳做得怎樣？還習慣嗎？」

「忍耐囉！我是很容易跟人起衝突的人。」芷曦吐了吐舌頭。亞京倒覺得她很率真又隨性，或許這種個性反而會觸怒某些較嚴謹的人，他大概明白芷曦的意思。

芷曦望著亞京，真覺得造化弄人，像他這麼專業沉穩、年近三十的輕熟男，竟然還要通過試用期的考驗。反觀自己，雖年輕幾歲，但經驗十分不足，最近也難免出錯，被主管盯、被前輩酸，過著不還嘴的生活，芷曦還是很不習慣這麼「忍氣吞聲」的自己。要是以前，一想到自己好歹也是個歸國子女，芷曦總會氣不過就張嘴反擊，十分意氣用事。當時的她，愛逞強、愛回嘴、愛講美國有多好……

但這次她只希望少說多做，用實力證明給公司看，自己真的是美國大學畢業的人才。

「我也是人生父母養，爲了工作被糟蹋，當然會氣，但還是得忍！這次一定要長長久久做下去，凡事忍耐，不能再搞砸了。」芷曦甚至每晚都會翻幾年前的舊日記來看，當年自己每天都有好多怨氣、好多不平、好多委屈，甚至常常發臉書罵人。但她現在習慣帶著笑容回家，再把怨氣親筆寫到私人日記上，不對外公開，也不重複去看。每當寫完這些職場上的鳥事，自己的怨念也就消散，每天都能用嶄新的心情面對。

「其實，工作上還是有很多不適應的地方。」芷曦對亞京偷偷吐苦水。「但我不想再回去考國考了！一定要撐住。」

「加油，我也是有很多地方還需要習慣……上份工作，我常被酸碩士學歷中看不中用。這份工作比較繁雜，每個領域我大概都會一點，但卻也都不夠專精，常常走到哪被唸到哪。」亞京看芷曦掏心掏肺地分享，自己也說了點小祕密，反正對方是曉曉的好朋友，往後還要見面，簡單聊聊心事，應該不爲過。

「唉呀！好像都是這樣。我以前總把自己當悲劇女主角，認爲很多事情只在自己的身上發生，但往後的就業環境只會越來越嚴苛吧！我有個好朋友做到老闆了，自己創業開網路公司，也是常常唉聲嘆氣。」芷曦笑道：「不過，唉聲嘆氣又怎麼樣？只要嘆完氣之後，鼓起勇氣挑戰，那嘆氣也嘆得有價值啊！」

「哈哈哈！」亞京認同地笑了起來。「說得好！我也不在意別人說我們是草莓族。反正這社會還不是要靠我們這一代作緩衝，想想台灣的黃金年代已過了，時局不好，國家還有一堆爛帳要我們扛；以後老年化社會也要我們買單，我們憑什麼不能嘆幾聲氣，再繼續努力呀？」

「真的！」

兩人談得投機，眼看時間差不多了，外國籍客戶也將從錄音室離開，芷曦忽然想起一件事。

「啊！方才我提到的那位創業好朋友要結婚了，我會去當伴娘，伴娘可以多帶兩個人去婚禮，你和曉曉想來嗎？」芷曦連忙強調道：「我朋友已經說伴娘帶來的人不需要收禮金了，因此你們就當作來玩吧！沾沾喜氣！」

「真的嗎……我再和曉曉商量！」亞京神色明朗起來。

「絕對不要帶禮金喔！我們伴娘也會包紅包給新人，而對方也會回包，所以其實已經抵銷了。」芷曦特別貼心地張大眼睛叮嚀道：「你和曉曉人來就好，我朋友也會很歡迎的！」

「好的。」亞京朝她揮手。「同是試用期的資深新人，我們要好好加油！」

「真的，加油！」兩人點頭微笑。

芷曦的客戶跟亞京的老闆推開錄音室的門時，兩人不再高聲交談，各自點頭笑著離開。

回到辦公室，亞京點進曉曉的ＬＩＮＥ，正準備告訴她受邀婚禮的事情。

此時，曉曉也正好傳了訊息過來。

「天啊！剛剛城邦的編輯寫信來，問小雪的連載漫畫是否願意授權給他們出成繪本！」

「哇！真的嗎！太好了！」亞京瞬間想跳到辦公桌上大叫，他花了兩秒才冷靜下來，把驚喜的情緒灌注回手機上，猛貼表情符號。

曉曉也一連發了十個歡天喜地的表情符號過來。

亞京握著手機，衝到休息室打電話，對著話筒那端大叫。

「曉曉！太好了！天啊！我真的很替妳開心！」

「哈哈，搞不好只是一場空，你也知道沒簽約之前，什麼都不算數。」曉曉故作冷靜，但亞京聽得出來她的語氣爽朗雀躍，像是剛從海濱衝完一個大浪。

「總之。」曉曉微笑道：「我會繼續努力！」

「嗯！其實什麼都不用擔心，只管努力就好。我們不也一直是這樣走過來的嗎？」

亞京柔柔地回憶起與曉曉相遇前，雙方不安又狼狽的模樣。

雖然過去的那幾個月並不是一段美好的時光，卻因此顯得更加刻骨銘心。

光是能在這間曾經夢寐以求的公司，吹著涼爽的冷氣、站在舒適的員工茶水間，聽著女友在耳邊分享好消息，此刻的一切都讓亞京感到不可思議。

「曉曉。」他悵然地莞爾。「我們好像，真的變成大人了。」

她停頓了幾秒，那是一種認同的靜默。

亞京聽見曉曉吸氣微笑的聲音。

「真的……我們真的長大了，至少，開始知道長大的滋味了。」曉曉說道。

亞京點點頭。「長大」，並不是一朝一夕就能完成的事，而是在這種重要瞬間會忽然意識到的事。

原本他們曾經懼怕過、厭惡過、排斥過，卻也嚮往過的「長大」，已經在自己的體內，隨著那股努力的熱血一同流淌著。

「長大」——如此困難卻也如此理所當然的「狀態」，已經與自己的每口呼吸並存。過程並不輕鬆，但卻也十分有趣。

「希望我們沒有變成自己曾經討厭的那種大人。」亞京不僅在對電話那頭的曉曉說，也在對心中曾經懷抱金鐘音效獎大夢的那個少年說。

「我也不曉得未來我們會變成怎麼樣，不過……」曉曉清甜的聲音從話筒那端傳來，如電流般竄進亞京心底。

「我知道成長，是一輩子的事。」

是啊！亞京望著茶水間外的天空。有些陰鬱的午後雷陣雨包圍了整座繁忙的城市，人們在街上奔馳著，踩過水珠。

亞京望著都市天際線後方的雨雲，雲底透出一點如羽毛般輕柔微白的光，暗示著天晴的節奏。

（全文完）

謝謝您購買 II：青春難為：於是我們只好長大 這本書！

即日起，詳細填寫本卡各欄，對折免貼郵票寄回，我們每月將抽出一百名回函讀者寄出精美禮物，並享有生日當月購書優惠！

想知道更多更即時的消息，歡迎加入“永續圖書粉絲團”

您也可以利用以下傳真或是掃描圖檔寄回本公司信箱，謝謝。

傳真電話：（02）8647-3660　　信箱：yungjiuh@ms45.hinet.net

☺ 姓名：　□男　□女　□單身　□已婚

☺ 生日：　□非會員　□已是會員

☺ E-Mail：　電話：（　）

☺ 地址：

☺ 學歷：□高中及以下　□專科或大學　□研究所以上　□其他

☺ 職業：□學生　□資訊　□製造　□行銷　□服務　□金融

□傳播　□公教　□軍警　□自由　□家管　□其他

☺ 您購買此書的原因：□書名　□作者　□內容　□封面　□其他

☺ 您購買此書地點：　金額：

☺ 建議改進：□內容　□封面　□版面設計　□其他

您的建議：

廣 告 回 信
基隆郵局登記證
基隆廣字第 57 號

新北市汐止區大同路三段一九四號九樓之一

大拓文化事業有限公司收

請沿此虛線對折免貼郵票，以膠帶黏貼後寄回，謝謝！